Claire McNab

Tödliches Eisen

Claire McNab

Tödliches Eisen

Offensive Krimi

Aus dem australischen Englisch
von Gerlinde Kowitzke

Frauenoffensive

1. Auflage, 2002

Originaltitel: *Death Club*

ISBN 3-88104-353-5

Druck: Clausen & Bosse, Leck
Umschlaggestaltung: Erasmi & Stein, München

Dieses Buch ist gedruckt auf Papier aus chlorfrei gebleichtem Zellstoff.

Die Personen

Carol Ashton	Kriminalkommissarin
Mark Bourke	Kriminalinspektor
Anne Newsome	Kriminalwachtmeisterin
Terry Roham	Kriminalwachtmeister
Vernon Coop	Bezirksinspektor
Hugh Haver	Polizist
Gussie Whitlew	Modeschöpferin
Davy Vere	Gussies Assistent
Fiona Hawk	Golfspielerin
Liam Ivanovich	Fionas Caddie
Major Willoughby Hawk	Fionas Vater
Kasha London	Golfspielerin
Toni Karstares	Golfspielerin
Brinella Altunga	Golfspielerin
Eddie Altunga	Brinellas Bruder
Beth Shima	Golfspielerin
Ashleigh Piddock	Golfspielerin
Ralph Syncomm	Sportagent
Uta Dahlberg	Sportagentin
Mandi Fiedler	Sportreporterin
Hilary O'Dell	Fotografin
Justin und Ken	Jungen aus der Nachbarschaft
Vincent „Vinny“ Goss	Obdachloser
Leota Woolfe	Carols Geliebte
Tante Sarah	Carols Tante
Sybil Quade	Carols Freundin
Pat Bourke	Marks Frau

Prolog

Der Rand der Sonne tauchte über dem Horizont auf, blendend goldgelbe Strahlen ergossen sich über die Meeresoberfläche aufs Land.

„Halt mal an."

Der Golfwagen hielt auf dem Buckel der Klippen, wo sich das tückische vierte Loch der Golfanlage des Whitlew Country Club befand. Unzählige Bälle waren hier schon über das Grün hinaus und die schroffe, steile Sandsteinküste hinunter in die tosende Brandung gesegelt.

Joe Gallagher hob die Hand und beschattete seine Augen. „Ach, verflixt", sagte er, „irgendein Idiot hat etwas in den Bunker gelegt."

Die Verärgerung in seiner Stimme hatte einen besitzerischen Unterton. Er war für jedes Tee, jedes Fairway, jedes Grün hier verantwortlich und hatte den Golfplatz für das Whitlew Challenge Turnier perfekt hergerichtet. Heute war der zweite Spieltag, und Joe befand sich – wie er es immer tat – auf seiner frühmorgendlichen Inspektionstour der Achtzehn-Loch-Anlage, ehe er seine Mitarbeiter auf den Platz schickte.

Sein Assistent erhob sich und starrte zum Bunker hinüber. „Wie soll denn hier jemand reingekommen sein?" fragte er. „Der Platz ist doch die ganze Nacht bewacht worden."

Joes Knie knackte, als er aus dem Golfwagen stieg. „Laß uns mal nachsehen."

Vorsichtig die makellose Oberfläche des Grüns meidend, setzten sie sich in Bewegung. Der Bunker mit seinen steilen

Seiten war mit geharktem Sand gefüllt und für alle, die auf die linke Seite des vierten Lochs schlugen, eine gefährliche Falle.

„Vielleicht ein Baumstamm?“ spekulierte der Assistent.

Doch dann trat Joe an den Rand des Bunkers, die Hände in die Seiten gestemmt. „Mein Gott, da liegt jemand!“

Sie lag da, als ob sie schlief, nur ein Rinnsal Blut im weißen Sand unter ihrem Kopf störte diese Illusion. Sie trug eine sportliche beige Hose und einen schlichten lindgrünen Pulli. Ein ordentlich gefalteter Blazer lag neben der Gestalt. Ein Golfschläger schien wie zufällig neben die gekrümmten Finger ihrer Rechten gefallen zu sein.

Joe stieg nicht in den lockeren Sand hinab, sondern hockte sich hin und musterte die Szenerie genau. „Sie ist tot.“ Er klang eher empört als verärgert.

Während er sich erhob, fügte er hinzu: „Weiß Gott, wie sich das auf den Zeitplan des Turniers auswirken wird.“

1

Eine Möwe segelte mit dem Meereswind heran und landete in einem graziösen Bogen am Rand des Golfplatzes. Obwohl es noch früh am Morgen war, stach die späte Sommersonne empfindlich, und für die Leute von der Spurensicherung am vierten Loch war die kühle Brise eine Wohltat.

„Wer ist hier zuständig?“

Inspektor Mark Bourke vertrat der eleganten Dame den Weg, ehe sie durch das flatternde Absperrband der Polizei preschen konnte. Mit ihrer spitzen Nase, dem kunstvoll frisierten Wuschelkopf mit den blonden Strähnchen, ihrer selbstherrlichen Art erinnerte sie Bourke an einen überzüchteten Afghanen.

Freundlich lächelnd erklärte er: „Dieser Bereich des Golfplatzes ist gesperrt.“

Da sie erheblich kleiner war als er, starrte sie ihn von unten herauf an, trat einen Schritt zurück und musterte ihn von unten bis oben. Selbst als jetzt eine Bö vom Meer kam, bewegte sich kein Haar auf ihrem Kopf. Ihr Gesicht war perfekt geschminkt, ihr champagnerfarbener Hosenanzug wie die helle Wildseidenbluse sahen teuer aus. Die braunweißen Schnürschuhe durchkreuzten ihr ganzes Outfit.

Als sie Bourkes faszinierten Blick auf ihre Schuhe wahrnahm, sagte sie: „Die Unversehrtheit des Grüns einer Golfanlage der Weltklasse hat oberste Priorität. Stöckelschuhe würden irreparablen Schaden anrichten.“

Sie warf einen kalten Blick auf das um den Bunker versammelte Team, bezog mit ausladender Geste die Polizisten mit ein, die die Gegend ringsum absuchten, und erklärte: „Es ist höchst bedauerlich, daß ihr Polizisten auf solche Dinge keine Rücksicht nehmt. Ich kam gerade noch rechtzeitig, um einen von Ihren Männern davon abzuhalten, mit dem Auto auf die Anlage zu fahren. Ich habe ihm gesagt, er solle alles, was gebraucht wird, ausladen, ich würde ihm, wenn nötig, einen Elektrowagen bereitstellen. Wie auch immer, bleiben Sie unbedingt auf den markierten Wegen."

Die Frau packte das Plastikband, um das abgesperrte Gelände zu betreten.

„Tut mir leid", sagte Bourke, „Sie dürfen diesen Bereich nicht betreten."

„Sie können mir das nicht verwehren. Mir gehört diese ganze verdammte Anlage. Haben Sie kapiert? Also gehen Sie mir aus dem Weg, es sei denn, Sie sind der Oberboß."

Bourkes freundliche Miene verdüsterte sich nicht. „Dies hier ist ein Tatort, Ms. Whitlew."

Daß er ihren Namen wußte, schien sie gar nicht zu bemerken – bei ihrem Bekanntheitsgrad wäre sie sicher vom Gegenteil überrascht gewesen. Ihr aggressiver Ausdruck wich einem so charmanten Lächeln, daß er zwinkern mußte. Mit hochgezogenen Brauen fragte sie ihn: „Und Sie sind?"

„Kriminalinspektor Mark Bourke."

„Bitte, nennen Sie mich Gussie, Mark. Falls Sie irgendwas über mich gehört haben, dann bestimmt, daß ich von Formalitäten, was Namen betrifft, gar nichts halte."

Sie deutete auf das Gewusel hinter der Absperrung. „Sie wissen bestimmt, daß ich gerade ein sehr bedeutendes Golfturnier veranstalte, und je länger Ihre Leute hier sind, desto mehr beschädigen sie das Grün, vom übrigen Gelände mal ganz abgesehen."

„Das ist leider unvermeidlich. Es hat eine Tote gegeben."

Bourkes Taktgefühl amüsierte sie offensichtlich. „Eine Tote? Wie taktvoll. Mir wurde gesagt, es sei eine Frau mit angeschlagenem Kopf." Sie blickte auf ihre goldene, mit Brillanten besetzte Uhr. „Die erste Spielerin des Whitlew Challenge Turniers hat ihren Abschlag um zehn Uhr, aber meine Grünpfleger müssen vorher dieses Loch inspizieren, um die von Ihnen angerichteten Schäden zu reparieren."

Unbeeindruckt entgegnete Bourke: „Ich weiß, wie ungelegen es ist, Ms. Whitlew, aber dieser Bereich wird noch eine ganze Weile abgesperrt bleiben."

„Das ist nicht akzeptabel!" fuhr sie ihn an. „Das Turnier wird hier und in Übersee im Fernsehen übertragen. Das Whitlew Challenge ist ein hochrangiges Turnier für die besten Golferinnen der Welt, diese Übertragungsrechte müssen eingehalten werden."

„Dann wird das Turnier ohne dieses Loch gespielt werden müssen."

Gussie Whitlew schüttelte sich, als stießen ihr Bourkes Worte geradezu auf. „Ich muß mit jemandem sprechen, der es hier zu sagen hat."

„Da sind Sie richtig bei mir."

Unvermittelt trat ein Lächeln auf Gussies Lippen. „Na so was", sagte sie, „wenn das nicht Carol Ashton höchstpersönlich ist. Ich habe Ihre Karriere mit Interesse verfolgt, Kommissarin. Mit großem Interesse."

„Ms. Whitlew. Was kann ich für Sie tun?"

Mit schiefgelegtem Kopf musterte Gussie Carol Ashtons Aufzug – die Hose mit dem Kamelhaarblazer – und schnalzte mit der Zunge. „Nicht meine Mode", sagte sie. „Von wem? Peter Bund oder die kleine Pattie Hart?"

„Keine Ahnung."

Bourke grinste über Gussies schockierte Reaktion auf Carols achselzuckende Erklärung. „Keine Ahnung? Sie wissen nicht, welche Marke Sie tragen?"

„Leider nein."

„Dann muß ich Sie unter meine Fittiche nehmen, meine

Liebe. Zum einen sind die Farben, die Sie da tragen, für Ihre Haut und Ihr blondes Haar nicht die vorteilhaftesten. Und Ihre Augen – grün sind sie?“

„Dies hier ist ein Tatort“, erklärte Carol mit sarkastischem Lächeln, „somit dürfte es Sie nicht überraschen, daß ich nicht für ein gesellschaftliches Ereignis gekleidet bin.“

Gussie Whitlew überhörte die Bemerkung. „Meine Ausstattungen sind zu recht berühmt. Und meine Dienste kosten Sie nichts. Also, was sagen Sie?“

„Auch wenn es mir schwerfällt, Ihr Angebot abzulehnen, muß ich es leider. Ms. Whitlew, gibt es ein Problem?“

„Gerade habe ich Ihrem Inspektor erklärt, daß das Whitlew Challenge Turnier in Kürze beginnen wird und dieses Loch geräumt und repariert werden muß. Ich bin sicher, Sie sind in der Lage, die Sache zu beschleunigen.“

„Wir haben es hier offensichtlich mit einem Mordfall zu tun. Unsere Untersuchungen dauern ihre Zeit.“

Sichtlich bestürzt fragte Gussie: „Ein Mord? Ich dachte, es sei ein Unfall oder eine natürliche Ursache – falls man Trinken und Drogen unter natürlich einstufen kann. Im angrenzenden Naturschutzgebiet hausen heruntergekommene Typen in erbärmlichen kleinen Zelten oder so. Weiß Gott, wie oft ich die Behörden schon angerufen habe, damit man sie fortschafft. Ich dachte, es ist einer von diesen Leuten.“

„Das ist unwahrscheinlich. Das Opfer ist eine junge Frau, die neben ihr gefundene Jacke trägt das Whitlew-Etikett.“

„Mein Etikett? Sind Sie sicher?“

„Ja. Die Jacke ist lindgrün mit feinem dunkelblauen Streifen.“

Gussie erbleichte. „Ich möchte die Tote sehen.“

„Ich muß Sie bitten, über alle Einzelheiten dieses Todesfalls Stillschweigen zu wahren.“

Gussie schnippte ungeduldig mit den Fingern. „Das versteht sich natürlich von selbst.“

Carol nickte Bourke zu, der das Absperrband hochhob, um Gussie durchzulassen. „Es ist kein erfreulicher Anblick“, warnte Carol.

„Ich habe ein interessantes Leben gelebt“, erklärte Gussie, „das war nicht immer erfreulich. Ich denke, ich kann das verkraften.“

Mit durchgedrückten Schultern marschierte sie zum Bunker, aber Carol konnte sehen, daß sie kalkweiß wurde, als sie an den Rand trat. Carol bedeutete den Leuten von der Spurensicherung, von dem Leichnam zurückzutreten, und fragte: „Erkennen Sie sie?“

Die Tote lag in der Mitte des ovalen Bunkers, die Arme neben dem Körper, die Handflächen in einer bizarr einladenden Geste nach oben. Der Kopf war nach rechts gedreht, als ob die halbgeöffneten Augen das dunkle Blut betrachteten, das den weißen Sand verunzierte.

Bourke stützte Gussie Whitlew, die einzuknicken schien. „Es ist Fiona Hawk!“ stieß sie hervor.

Um Fassung ringend fügte sie hinzu: „Eine gräßliche Frau, aber eine fantastische Golfspielerin. Sie führt zur Zeit das Turnier an.“ Dann wurde ihr bewußt, was sie sagte. „O verdammt! Fiona führt das Turnier an – und sie ist tot.“

2

„Ganz schön steil“, sagte Bourke, der zu Carol an den hüfthohen Zaun getreten war, der die Zuschauer vor einem Absturz von der porösen Steilküste auf die gischtigen Felsen tief unten bewahrte. Das Meer war ruhig und schlug sachte gegen die herabgestürzten Felsbrocken der Küste.

„Angenommen, es ist Mord", grübelte Carol, „wieso wurde sie nicht einfach hier runtergeworfen, so daß es nach Unfall hätte aussehen können?"

„Panik?" spekulierte Bourke. „Der Täter verpaßt ihr einen und rennt weg?" Er blickte über seine Schulter zum Bunker, wo man den Leichnam gerade in einen Sack legte und den Reißverschluß zuzog. „Vielleicht wurde die Szene auch bewußt arrangiert... mit Golfschläger und gefalteter Jacke."

„Ich würde vermuten, daß es jemand war, der Golf spielt. Die Person hatte den richtigen Schläger für die Situation – ein Sandwedge."

Bourke und Carol folgten der Tragbahre auf dem letzten abschüssigen Pfad, als der Leichnam zu dem wartenden Notarztwagen gebracht wurde. Vom Hügel konnte Carol die ersten hereinströmenden Zuschauer sehen, die einen guten Platz ergattern wollten.

Es war ein herrlicher Sommermorgen, vor ihr erstreckte sich das weite grüne, sorgfältig gepflegte Gelände mit Baumgruppen und kleinen Seen und mäandernden Bächen – es war eine Augenweide. Zur Rechten hinter der Steilküste lag das dunkelblaue Meer, das am Horizont mit dem blaßblauen Himmel verschmolz.

Carol atmete tief. Es war wunderbar, am Leben zu sein, die Brise auf dem Gesicht zu spüren und wie ihre Muskeln so selbstverständlich ihrem Willen gehorchten, sich einzugestehen, wie glücklich sie war. Sie blickte auf den Sack mit den sterblichen Überresten einer jungen Frau, die nie mehr in der Sonne schwitzen, ihre Muskeln strecken, Freude oder Verzweiflung empfinden würde.

Jemand hatte mit voller Wucht auf sie eingeschlagen und sie leblos unter dem kalten Sternenhimmel liegen lassen, nie wieder würde sie das Rollen der Brandung am Fuß der Steilküste hören oder die Geräusche der Nachttiere, das Raunen des Windes.

Wer war hier bei dir? Wer hat dich mit solcher Wucht niedergeschlagen, daß es deinen Schädel zertrümmert hat?

Nach Schätzung des Leichenbeschauers hatte die Tote mindestens acht Stunden hier gelegen, vielleicht auch länger. Offenbar war die Todesursache die schwere Gehirnverletzung, doch das würde sich bei der Obduktion erweisen.

Carol blickte noch einmal zum Bunker zurück, wo ein kleines Spurensicherungsteam, bewacht von zwei uniformierten Polizisten, jedes Sandkörnchen umdrehte und die Umgebung des Bunkers penibel untersuchte. Bei der Leiche hatten außer dem Golfschläger zwei Rechen gelegen – einer davon war mit Sicherheit benutzt worden, um den Sand glattzuharken und alle Spuren zu beseitigen –, die zusammen mit der Jacke bereits auf dem Weg ins Labor waren. Die allgemeine Inspektion des Golfplatzes hatte nichts weiter zutage gefördert, und Carol zweifelte, daß die Profis von der Spurensicherung etwas entdeckten.

Ein Netz von Wegen verband die einzelnen Löcher. Der Weg, auf dem sie sich befanden, führte direkt zum hinteren Parkplatz des Country Clubs. Das zuständige Polizeirevier war angewiesen worden, den Bereich abzusperren, so daß der Leichnam ohne sensationsgeile Zuschauer oder lästige Reporter und Kamerateams abtransportiert werden konnte.

Carol wußte, daß ein Mediensturm losbräche, sobald der Name des Opfers bekannt wurde, auch aus Übersee würden Reporter hereinschwärmen, um darüber zu berichten. Nicht nur weil Fiona Hawk ein internationaler Sportstar war – obwohl Carol bewußt war, wie sehr sich die Presse um bekannte Sportlerinnen und Sportler riß –, sondern auch weil Gussie Whitlew involviert war.

Sie war ungeheuer reich und wegen ihrer Markenmode bekannt. Gussie Whitlew hatte die Zeit und das Geld, ihre Leidenschaften zu pflegen. Eine war Golf, die andere, so das Gerücht, Frauen. Das Whitlew Challenge Golfturnier brachte beide Interessen zusammen. Einige der weltbesten Golfspielerinnen waren zum Turnier eingeladen und mit einer großzügigen Teilnahmeprämie, Mietwagen, Chauffeur und Luxushotel geködert worden. Zudem lockte ein Preisgeld für die Siegerin in Höhe von 1,5 Millionen US-Dollar.

Als Carol mit Bourke den schwitzenden Bahrenträgern zum Parkplatz folgte, bemerkte sie, daß ein paar hartnäckige Schaulustige hinter der Abschirmung strategisch geparkter Streifenwagen und einem Kordon von Polizisten sich die Hälse verrenkten, um zu sehen, was für ein Spektakel eine derartige Polizeipräsenz hervorrief.

Verärgert beobachtete Carol, daß ein junger Mann, offenbar ein Jungreporter, sich bereits Notizen machte und ein Fotograf am Werke war. Doch die meisten Anwesenden spekulierten wild oder gafften auf die Bahre mit der verhüllten Fracht.

Einige Polizisten standen beim Notarztwagen, als Carol und Bourke näherkamen, löste sich ein Mann aus der Gruppe und vertrat ihnen den Weg. Der kleine wieselige Mann in der Tweedjacke fragte Carol mit lauter, durchdringender Stimme: „Wie es heißt, sind Sie hier die Verantwortliche, stimmt das? Bitte, antworten Sie."

Sein Akzent klang nach britischer Oberklasse, und seine Art war fast rüde. Er hatte schütteres weißes Haar und einen weißen Schnäuzer, und seine sonnengegerbte Haut ließ darauf schließen, daß er viel an der frischen Luft war.

Bourke sprang Carol sofort zur Seite. „Sir? Wer sind Sie?"

Der Mann wandte den Blick nicht von Carol und überhörte Bourkes Frage. „Ich werde behindert", erklärte er, „meine Fragen werden nicht beantwortet." Er drehte sich zum Notarztwagen um, in den gerade die Bahre geschoben wurde. „Ist das meine Tochter? Gussie Whitlew wollte mir keine Auskunft geben, aber ich konnte ihr ansehen, daß etwas Schreckliches passiert ist."

Ein vierschrötiger Mann mit kantigem Kopf, ein Bezirksinspektor namens Vernon Coop, den Carol vage kannte, schlenderte herbei und erklärte: „Kommissarin Ashton, dies ist Major Willoughby Hawk. Seine Tochter ist gestern nacht nicht ins Hotel zurückgekehrt..." Er ließ den Satz in der Luft hängen, sein Ausdruck besagte, daß er sich nicht darum riß, der Überbringer schlimmer Nachrichten zu sein.

„Wann haben Sie Ihre Tochter zuletzt gesehen, Major Hawk?"

Diesmal reagierte er auf Bourkes Frage mit abweisendem Knurren. Den Blick auf Carol geheftet, blaffte er sie an: „Ashton, nicht wahr? Wenn Sie da einen weiblichen Leichnam haben, will ich ihn sehen. Ich kann nicht glauben, daß es Fiona ist, aber –"

Ihm versagte die Stimme. Er räusperte sich und fuhr fort: „Hab' nicht realisiert, daß sie nicht ins Hotel zurückgekommen ist. Erst heute morgen, als ich in ihr Zimmer gegangen bin. Hab' mir eingeredet, sie sei schon so früh zum Golfplatz gegangen, aber ich wußte, daß etwas nicht stimmte. Ihr Bett war unberührt, wissen Sie."

Da Carol ihre Erfahrung hatte, wie Hinterbliebene auf den Anblick toter Anverwandter reagieren konnten, sagte sie: „Major Hawk, vielleicht wäre es besser, Sie warten, bis –"

„Ich denke gar nicht daran. Und fürchten Sie nicht, daß ich ohnmächtig werde oder so was. Ich komme vom Militär. Hab' schon etliche Tote gesehen."

„Also gut." Carol nickte Bourke zu, der zu den beiden Männern ging, die an der Ambulanz warteten, ob sie die Bahre wieder herausziehen sollten, um das Gesicht der Toten zu enthüllen. Die Schaulustigen murmelten laut.

Der Major folgte Bourke mit erhobenem Haupt. Er hätte durchaus eine komische Figur abgeben können, dachte Carol, statt dessen machte er den Eindruck stoischer Tapferkeit. Die Gaffer reckten neugierig die Hälse, Carol sorgte dafür, daß der Major ihnen den Rücken zudrehte und die offene Wagentür der Ambulanz den Leichnam verdeckte.

Sie stand auf der einen Seite des Majors und Bourke auf der anderen, beide darauf gefaßt, Hawk unter die Arme zu greifen, falls er einknickte. Wenn Gussie Whitlews Identifikation stimmte, erlitte er gleich einen Schock, den kein Elternteil erleiden sollte – die Bestätigung des Todes eines Kindes.

Bourke zog den Reißverschluß des Leichensacks auf, und die Sonne schien ein letztes Mal auf das Gesicht der jungen Frau. Ihr kurzes kastanienbraunes Haar belebte das bleiche Gesicht mit den erschlafften Zügen. Die Tote hatte über Nacht so gelegen, daß die Leichenstarre auf ihrem Gesicht keine Flecken hervorrufen konnte, da sich das Blut am tiefsten Punkt des Körpers sammelt.

Major Hawk sagte nichts, nur ein Seufzen kam über seine Lippen. Er streckte die zitternden Finger aus, doch Bourke ergriff seinen Arm, ehe er die bleiche Wange berühren konnte. Er wandte sich ab, wischte sich über die Augen, dann sagte er mit brüchiger Stimme: „Es ist Fiona. Meine Tochter. Was ist passiert? Wieso ist sie tot?"

„Gestern – wann haben Sie sie zuletzt gesehen?"

„Sie gesehen?" wiederholte er geistesabwesend Carols Frage. „Fiona gesehen?"

„Ich weiß, daß es ein Schock für Sie ist, Major Hawk, trotzdem müssen wir Ihnen ein paar Fragen stellen. Das verstehen Sie doch."

Er befeuchtete sich die Lippen, dann antwortete er, und man sah, daß es ihn Mühe kostete. „Am Ende des ersten Spieltags gab Gussie einen Empfang im Clubhaus. Fiona – sämtliche Spielerinnen waren da. Die Caddies, Agentinnen und Agenten, die ganze Entourage, alle, die mit dem Turnier zu tun hatten."

Hier schien er steckenzubleiben, und Carol sagte: „Es muß sehr hart für Sie sein."

Der Major nickte. „Ich kann es noch gar nicht glauben.“ Er reckte die Schultern. „Ich habe mit Fiona gesprochen, aber dann wollte eine Fotografin Bilder von ihr machen, und ich mußte noch ein paar Freunde treffen, deshalb bin ich gegangen.“

„Um welche Zeit war das?“

„Sechs oder vielleicht etwas später.“ Sein Gesicht verzog sich vor Schmerz. „Es war das letzte Mal, daß ich Fiona lebend gesehen habe.“

Carol und Bourke blickten einander über den Kopf des kleinen Mannes an. Carol sagte: „Major Hawk, Inspektor Bourke wird Sie in Ihr Hotel zurückbringen. Er wird Ihnen alles sagen, was wir im Moment wissen.“

Sie winkte einen Polizisten herbei, der Major Hawk zum Wagen brachte, dann nahm sie Bourke beiseite. „Sei nett zu ihm, Mark, aber finde soviel heraus, wie du kannst. Dann gehst du ins Büro und beginnst mit einer Totalüberprüfung von Fiona Hawk, Gussie Whitlew und der ganzen Prominenz, die mit dem Turnier zu tun hat. Ich werde mir im Clubhaus Gussie Whitlew vorknöpfen, dann die anderen.“

Bourke grinste verschlagen. „Lieber du als ich. Und paß auf, schließlich hat sie versprochen, dich aufzupeppen.“ Er legte den Kopf schief. „Ich seh' dich bereits in diesem farbenfrohen Pluderzeug, das sie entwirft.“

„Da hast du mehr Fantasie als ich.“

Bourke blickte über ihre Schulter. „Schon naht die Dame höchstselbst. Dann überlasse ich sie jetzt dir.“

Gussie eilte energischen Schrittes und mit entschlossener Miene heran. Noch ehe sie Carol erreichte, fragte sie: „Ist das vierte Loch jetzt geräumt? Meine Grünpfleger warten schon.“

„Tut mir leid, Ms. Whitlew“, antwortete Carol freundlich, „aber das Terrain, wo die Tote gefunden wurde, muß abgesperrt bleiben, und nachher werden Taucher kommen und die Gewässer auf dem Golfplatz absuchen.“

„Taucher? Während des Turniers?“

Carol verbiß sich ein Grinsen bei diesem pikierten Ton und sagte: „Ich versichere Ihnen, wir werden versuchen, das Turnier nicht zu stören.“

„Das Ganze ist eine außerordentliche Belästigung, Kommissarin! Ich habe meine Leute angewiesen, einen Ersatz für das vierte Loch zu finden. Doch das ist praktisch unmöglich. Wir müssen einen vollen Achtzehn-Loch-Platz für den heutigen Spieltag bereitstellen.“ Sie starrte Carol so flehend wie herausfordernd an.

Die entgegnete ungerührt: „Wie Sie wissen, haben wir es offenbar mit einem Mordfall zu tun. Es ist von entscheidender Bedeutung, alle Spuren am Fundort zu sichern.“

Ihre subtile Betonung auf Mordfall hatte nicht den gewünschten Effekt. Die Hände in die Hüften gestemmt, schnalzte Gussie irritiert mit der Zunge. „Mir ist klar, daß Sie hier Ihren Job tun, aber wie ich Ihrem Inspektor schon eindringlich erklärt habe, ist das Whitlew Challenge ein internationales Turnier mit den Spitzenspielerinnen der Welt. Ist Ihnen eigentlich bewußt, in was für ein Dilemma Sie mich bringen?“ Ihr Ton machte deutlich, daß sie das einzig der Polizei und Carols Kompromißlosigkeit zu verdanken hatte.

„Vielleicht ist es möglich, Ihnen diesen Bereich rechtzeitig für den morgigen Spieltag zu überlassen.“

Keineswegs beschwichtigt antwortete Gussie: „Vermutlich wäre das hilfreich – wenn's dazu kommt. Aber für heute zwingen Sie mich, das erste Loch zweimal zu spielen, am Anfang und noch mal am Schluß. Das ist die einzige Lösung, die ich finden kann, und in Anbetracht der Fernsehübertragung und Zuschauerkontrolle ein regelrechter Alptraum.“

Sie hielt inne, offenbar erwartete sie entweder Carols Entschuldigung oder ihr Bedauern wegen dieses Dilemmas.

Da keine Reaktion erfolgte, fuhr sie finster fort: „Da ist noch ein wesentlicher Punkt. Ich muß wirklich darauf bestehen, daß die Spielerinnen nicht vor ihrem heutigen Spiel vernommen werden. Ihre Leute haben meinen Angestellten Fragen gestellt, und es gibt schon genug Spannungen im Umkleideraum bei all den Gerüchten, die da herumgeistern. Außerdem sind wir bereits mit dem ersten Abschlag spät dran. Ich erinnere Sie, daß das Turnier im Fernsehen übertragen wird. Und ich werde ein Desaster erleben, wenn nicht alles planmäßig abläuft. So wie es ist, werde ich gezwungen sein, die ersten Spielerinnen in Vierergruppen starten zu lassen, um die Verspätung wieder wettzumachen."

Sie reckte das Kinn und blickte Carol mit einem Ausdruck an, der keinen Widerspruch duldete.

„Es ist von größter Bedeutung, daß alle, die womöglich irgendwelche Informationen haben, die uns weiterhelfen, umgehend befragt werden, solange ihre Erinnerungen noch frisch sind."

Angewidert warf Gussie die Hände hoch. „Na gut. Wenn Sie mich jetzt entschuldigen, werde ich versuchen, aus diesem Debakel zu retten, was zu retten ist."

Sie eilte davon, während Vernon Coop herankam. „Das Opfer ist also Fiona Hawk, nicht wahr?" sagte er. „Ich bin zwar nicht direkt ein Golffan, aber sie war mir bekannt. So eine Schande. Sie war eine Schönheit, gewissermaßen."

Carol musterte den Polizisten, dabei fiel ihr ein, daß sie sich bei einer Konferenz zu irgendeinem kommunalpolitischen Thema kennengelernt hatten. Sein feister Körper watschelte beim Gehen, auf seinen wulstigen Lippen lag ein überheblicher Zug. Er war der Typ, der Verdächtigen mit dem Stiefel in die Gedärme trat und ohne mit der Wimper zu zucken behauptete, sie hätten bei der Verhaftung Widerstand geleistet. Er hatte sich knapp auf seinem Posten halten können, als er beschuldigt wurde, von Prostituierten Schutzgeld erpreßt zu haben – die Anklage wurde fallengelassen, als kollektiver Gedächtnisschwund die Zeuginnen befiel.

„Irgendein Anzeichen von Vergewaltigung?“ fragte er, die Hände in den Taschen, breitbeinig vor ihr aufgepflanzt. „Da oben, auf den Klippen, hätte sie keine Chance gehabt.“

Sie starrte ihn an und dachte, daß ihn das Szenario sichtlich aufgeilte. „Sieht nicht nach sexuellem Übergriff aus“, antwortete sie kurzangebunden. „Haben Sie eine Haustürbefragung in Gang gesetzt?“

„Jawohl – eine Haustürbefragung in sämtlichen Straßen der Umgebung. Schätzungsweise wird aber nichts dabei herauskommen. Ergiebiger wäre dieser obdachlose Haufen, der in dem an den Golfplatz grenzenden Naturschutzgebiet haust.“ Er kratzte sich den Nacken. „Sie wissen ja, wie das läuft. Wir erhalten Beschwerden, vertreiben das Gesindel, und ein paar Tage später ist das ganze verdammte Pack wieder da.“

„Ms. Whitlew erwähnte so etwas.“

Coop lachte spöttisch. „Da wett’ ich drauf. Sie beschwert sich doch laufend. Jedenfalls hab’ ich meine Leute losgeschickt, um sie einzukesseln und auszuquetschen. Wenn irgendwer von dem Pack etwas damit zu tun hat, wissen wir das bis heute abend, würde ich sagen.“

Seinen Optimismus konnte Carol kaum teilen. „Unmöglich ist das zwar nicht, trotzdem kann ich mir nur schwer vorstellen, daß es zwischen Fiona Hawk und einem der Obdachlosen zu einer Begegnung gekommen sein könnte. Der Eingang des Golfplatzes ist bewacht, und ich schätze, daß eine Patrouille die ganze Nacht den Zaun kontrolliert.“

„Eine Patrouille? Ja, klar“, sagte Coop verächtlich. „Amateure. Fahren ein bißchen rum, gehen zwischendurch Kaffee trinken, halten ein Nickerchen. Gemütlich nennt man das.“

„Ist es für irgendeinen Ihrer Leute ein Nebenjob?“

Carols Frage erwischte ihn offenbar kalt. Nachdem er darüber nachgedacht hatte, antwortete er: „Vielleicht. Ich werde darauf zurückkommen.“

Als Carol sich zum Gehen anschickte, fragte er: „Sie lesen wohl nicht oft die Sportseiten, oder?"

„Wenn Sie damit meinen, ob ich beim Golf auf dem Laufenden bin, ist die Anwort nein. Wieso fragen Sie?"

„*Mich* interessiert Frauensport ja nicht die Bohne, aber Fiona Hawk ist mir natürlich nicht entgangen. Eine echte Schönheit und verdammt sexy."

„Und?" Carol verhehlte ihre Ungeduld nicht.

„Auch wenn sie eine echte Schönheit gewesen ist, konnte sie ein richtiges Biest sein." Als Carol die Augenbrauen hochzog, fuhr er fort: „Zum Beispiel hat sie von ihrem Agenten ordentlich Kohle eingeklagt. Sie behauptet, er hätte sie seit Jahren betrogen." Sein suggestives Lächeln wurde noch breiter. „Nicht daß Fiona nicht selbst betrogen hätte, wenn man glauben kann, was man so hört. Und ihrem Aussehen nach würde ich sagen, es stimmt. Es wird gemunkelt, daß sie hinter jedem Kerl hergewesen ist."

Er wartete auf eine Reaktion von Carol, dann fügte er hinzu: „Deshalb wünschen Sie sich besser, daß Sie Glück haben und einer von dem Lumpengesindel sie erledigt hat." Er warf ihr einen vielsagenden Blick zu. „Denn sonst würde ich sagen, daß Sie einen Haufen Ärger kriegen. Einen richtigen Scheißhaufen."

3

Ein solches Clubhaus hatte Carol noch nie auf einem Golfplatz gesehen, allerdings war es auch schon Jahre her, daß sie gelegentlich auf öffentlichen Golfplätzen gespielt hatte, deren Gebäude reinen Nützlichkeitszwecken gedient hatten.

Dieses Clubhaus schrie förmlich nach Aufmerksamkeit: Die eleganten weißen Rundungen, der Schwung des roten Metalldachs, der schimmernde Chrom des Eingangsportals und die riesigen ovalen Panoramafenster, gefertigt für ein Bauwerk, das entschieden deplaziert wirkte – als hätte man irgendein futuristisches privates Anwesen ergriffen und hier auf dem Golfplatz abgesetzt.

Es herrschte reger Betrieb, ständig gingen Leute durch die mächtigen Chromtüren ein und aus, auf dem Parkplatz hatten sich Autoschlangen gebildet. Ein Übertragungswagen vom Fernsehen mit einer großen Schüssel auf dem Dach nahm vorn am Eingang zwei der begehrten Parkplätze ein, Carol bemerkte irritiert, daß eine Handkamera auf sie gerichtet war.

Sie hatte Vernon Coop strikte Anweisung gegeben, daß seine Leute sämtliche Kameras so weit wie möglich zurückdrängten, doch dieses Kamerateam übertrug das Turnier, weshalb man es nicht abweisen konnte.

Gussie Whitlew empfing Carol, noch ehe sie die flachen Marmorstufen zum Clubhaus erreichte. Sie hatte ihre Golfschuhe mit Stöckelschuhen vertauscht, selbst damit war sie noch einen Kopf kleiner als Carol. „Was Willoughby Hawk anbelangt – er kam und fragte, ob ich Fiona gesehen hätte, aber ich brachte es nicht über mich, es ihm zu sagen."

„Da ist eine Fernsehkamera auf uns gerichtet", sagte Carol. „Ich kann zwar kein Mikro sehen, aber das heißt nicht, daß sie uns nicht aufnehmen."

Gussie starrte in Richtung des Übertragungswagens. „Ich hätte nicht gedacht, daß Sie publicityscheu sind, Kommissarin Aston. Ich sehe Sie doch ziemlich oft im Fernsehen."

„Das hat mit der Prominenz meiner Fälle zu tun. Ich reiße mich jedenfalls nicht um diese Auftritte."

„Ach", sagte Gussie. „Mein Credo ist, jede Publicity ist gute Publicity." Sie sah, daß Carol sich nach dem Ü-Wagen umdrehte, und fügte hinzu: „Vielleicht sollten wir uns über etwas Unverfängliches unterhalten. Wie finden Sie mein Clubhaus? Ich hab' meinem Architekten gesagt, daß ich etwas ganz und gar Unübliches möchte."

„Das kann ich sehen."

Gussie grinste über Carols trockenen Ton. „Ich habe ein Faible fürs Unübliche, schon immer. Kommen Sie herein und sehen Sie sich die Einrichtung an. Ich bin stolz darauf."

Im Empfang tummelten sich Menschen, die sich lautstark unterhielten. Kellner mit roten Tabletts ignorierten den Andrang, servierten stoisch Kaffee, Mineralwasser und eine Auswahl an Kanapees.

Der äußere Charakter des Gebäudes, weiße Wände, viel Glas und schimmerndes Metall, spiegelte sich auch drinnen wider. Der gesamte Boden war mit dunkelrotem Plüschteppich ausgelegt, die überall verstreuten Clubsessel waren in hellerem, dazu passendem Ton bezogen.

Ein großer Brunnen mit der stilisierten Darstellung einer Golfspielerin, die gerade einen Drive ausführt, beherrschte den Saal. Wasser ergoß sich aus dem Schlägerkopf über die glänzende Chromskulptur in das rote runde Metallbecken, dessen Farbe dem Teppich entsprach.

„Das ist doch was, finden Sie nicht?" fragte Gussie, mit Besitzerstolz auf den Brunnen deutend. „Die Idee ist von mir, aber die Künstlerin hat ihre eigenen Akzente gesetzt."

„Jedenfalls fällt es ins Auge."

Gussie gluckste. „Ich sehe, Sie sind beeindruckt."

Über der Theke der Rezeption hing ein riesiges weißes Transparent mit der roten Aufschrift: Whitlew Challenge Golfturnier. An der Theke, einer geschwungenen Kunststoffwelle, befand sich ein Team junger Frauen, alle in maßgeschneiderten schwarzen Jacketts mit dunkelroten Hosen, Ton in Ton mit dem Teppich.

„Ich bewundere Ihre Farbabstimmung", bemerkte Carol.

„Die hat einige Mühe gemacht“, erklärte Gussie grinsend. „Sie können sich gar nicht vorstellen, wie schwer es ist, Teppich, Polstermöbel und Garderobe aufeinander abzustimmen, obwohl unser größtes Problem die Tabletts der Kellner gewesen sind. Da den richtigen Ton zu finden, hat mich viel Zeit gekostet.“

„Kommissarin?“

Carol drehte sich zu Anne Newsome um, die sie angewiesen hatte, zusammen mit Terry Roham mit der Befragung der Angestellten des Clubhauses und Golfplatzes zu beginnen. „Ms. Whitlew, darf ich Sie mit Kriminalwachtmeisterin Newsome bekannt machen?“

„Sie müssen mich Gussie nennen, Kommissarin Ashton. Formalitäten langweilen mich.“ Und ironisch fügte sie hinzu: „Das ändert natürlich nichts an meinem Respekt vor Ihnen, ich werde Sie wie gewohnt titulieren. Und ja, ich habe Kriminalwachtmeisterin Newsome bereits kennengelernt.“

Gussie bedachte Anne mit anerkennendem Lächeln. „Genau gesagt, hat sie mich mit ihren Fragen ganz schön in die Zange genommen.“

Die Herzlichkeit des Kompliments ließ Carol aufhorchen, einen Moment lang fragte sie sich, ob sie Anne vor Gussies sprichwörtlichem sexuellen Appetit warnen sollte, bei einem Blick in Annes amüsiertes Gesicht fand sie das unnötig.

Carol verstand durchaus, was Gussie Whitlew womöglich an Anne Newsome hätte finden können. Ihr lockiges braunes Haar und die olivfarbene Haut strotzten vor Gesundheit, sie bewegte sich graziös und energiegeladen, und seit sie in Carols Abteilung war, hatte sie an Gewicht verloren und Selbstsicherheit gewonnen.

Gussies Ausdruck änderte sich, als sie jemanden im Gedränge an der Rezeption sichtete. „Davy, hierher.“

Gehorsam befolgte ein ziemlich gutaussehender Mann mit kurzem weißblondem, sonnengebleichtem Haar, das zu seiner dunklen Bräune in krassem Kontrast stand, ihren Befehl. Er trug eine schwarze Lederhose und ein hautenges weißes, ärmelloses Top, durch das sich sein muskulöser Oberkörper abzeichnete.

Er überragte ihre zierliche Gestalt um einiges und fragte ohne großes Interesse: „Ja, Gussie, was kann ich für Sie tun."

„Mein Assistent, Davy Vere", erklärte Gussie mit anerkennendem Blick. „Davy ist meine rechte Hand. Er weiß, wo die Leichen begraben sind, nicht wahr, Davy?"

„Wenn Sie es sagen." Er neigte den Kopf. In seiner sanften Stimme lag ein anmaßender Unterton, der, dachte Carol, durchaus zu seiner arroganten Miene paßte.

Nachdem sie ihn Carol vorgestellt hatte – Anne Newsome kannte er bereits –, sagte Gussie: „Kommissarin Ashton braucht einen ruhigen Raum, um ihre Untersuchung fortzusetzen." Sie bedachte Carol mit einem ironischen Lächeln. „Habe ich den richtigen Duktus getroffen? *Die Untersuchung fortsetzen* klingt so harmlos, nicht wahr? Dabei versuchen Sie natürlich, jemanden beim Lügen zu ertappen, stimmt's"

Carol zuckte unmerklich die Achseln. „Das ist mein Job."

Davy gab einen kehligen Laut von sich, der mißbilligend oder verächtlich gemeint war, so Carols Deutung. Als sie ihn ansah, kam sie zu dem Schluß, daß es eher höhnisch war, und nahm sich vor, Davy Vere auf Vorstrafen hin zu durchleuchten.

„Also, Davy, ich denke, mein Büro wäre der beste Platz für die Kommissarin, was meinen Sie?"

Davy sah seine Chefin mißbilligend an. „Nein, finde ich nicht. Sie werden es später noch brauchen."

Gussie lachte. „Verzeihen Sie ihm. Er kann manchmal so grob sein." Ihr Lächeln erstarb. „Machen Sie bitte meinen Schreibtisch frei. Wir kommen gleich nach."

Er nickte kurz und ging. „Wie ein schönes Tier, nicht wahr?" bemerkte Gussie.

Carol sah, wie Annes Lippen zuckten. Sie verkniff sich das Lachen und erkundigte sich: „Seit wann arbeitet Vere für Sie?“

„Seit Jahren. Als er damals zu mir kam, bewarb er sich als Designer, aber auf diesem Gebiet hat er kein rechtes Talent. Schließlich wurde er mein Assistent, mit allem, was dazugehört.“

„Und das wäre?“

„Ein ansehnliches Gehalt, hohe Verantwortung und, als mein Sprecher, ziemlich viel Macht.“

In diesem Moment trat eine Frau heran. „Entschuldigen Sie, Gussie, aber ich habe da ein kleines Problem.“

„Kasha! Groß oder klein, ich löse jedes Problem.“ Zu Carol und Anne gewandt, fuhr sie fort: „Darf ich Sie mit einer der weltbesten Golfspielerinnen bekannt machen, Kasha London.“

Bei der Vorstellung musterte Carol die Spielerin. Kasha London hatte ihre Größe, war aber kompakter. Sie hatte ein nettes offenes Gesicht und eine freundliche, warmherzige Ausstrahlung. Ihre Kleidung in neutralen Farben paßte zum braunen Haar und der gebräunten Haut. Das einzig wirklich Auffallende an ihr war ihre tiefe melodische Stimme.

„Nun, Kasha“, sagte Gussie, „wo liegt das Problem?“

„Ich glaube, im Umkleideraum ist jemand an meinen Sachen gewesen.“

„Sind Sie sicher, Kasha?“ fragte Gussie perplex. „Meine Leute sind handverlesen. Ich wäre schockiert, wenn jemand von ihnen so etwas täte. Fehlt irgend etwas?“

Es schien Kasha peinlich zu sein, eine solche Aufmerksamkeit zu erregen. „Es ist vielleicht nicht so wild, Gussie. Ich hatte den Eindruck, jemand hätte sich an meinen Sachen zu schaffen gemacht. Soweit ich sehe, fehlt nichts, ich hab' nur flüchtig nachgesehen, als ich heute morgen hereinkam.“

Gussie beschwichtigte sie. „Ich werde sofort veranlassen, daß Davy sich darum kümmert.“

Sie blickte Kasha nach, als sie zur Rezeption ging, und sagte zu Carol: „Sehen Sie? Niemand erkennt sie. Sie ist nicht gut genug, um ein Champion zu sein, dazu braucht es Charisma, Persönlichkeit. Wie Sie sie haben, Kommissarin."

Ein Blitzlicht hatte Carols Aufmerksamkeit erregt. Die Fotografin, die sie auf dem Parkplatz gesehen hatte, schoß mit einer wuchtigen Kamera Gruppenfotos. „Hilary O'Dell", sagte Carol.

„Aus Ihrem Ton schließe ich, daß Sie kein Fan von ihr sind", konstatierte Gussie. „Sie ist eine erstklassige Promifotografin. Ich habe sie für die Dauer des Turniers engagiert."

„Bei vielen Gelegenheiten hat sie ihre Objekte verfolgt und belästigt", erklärte Carol und beobachtete, wie sie zur nächsten Gruppe ging. Die meisten Leute schienen gern und freiwillig zu posieren, und die Fotografin plauderte aufgekratzt, während sie die Aufnahmen arrangierte.

Sie hatte eine kupferfarbene Mähne, die sie in einem Pferdeschwanz bändigte, scharfgeschnittene Züge, eine Adlernase und einen auffallenden Mund, den sie beim Lächeln sehr in die Breite zog, was sie andauernd tat und dabei ihre herrlichen Zähne bleckte.

Irritiert stellte Carol fest, daß Hilary O'Dell auf sie zu kam. Um ihr auszuweichen, fragte sie Gussie: „Wäre es Ihnen recht, wenn wir jetzt gleich in Ihr Büro gingen?"

„Kriminalkommissarin Carol Ashton", rief Hilary und drängte sich rüde durch die Menge. Ihr Ton war nicht freundlich. „Sie sind in offizieller Mission hier, denke ich." Sie hob ihre Kamera.

„Kein Kommentar und keine Fotos", entgegnete Carol. Sie warf Anne einen raschen Blick zu, die sich in Positur warf, um notfalls einzuschreiten.

„Oh, bitte", protestierte Gussie und legte Carol die Hand auf den Arm. „Überlegen Sie sich das noch mal, Kommissarin. Mit Ihnen fotografiert zu werden, wäre mir eine Ehre.

Ich werde einen Fotoband über das Whitlew Challenge Turnier herausbringen. Ich würde mich freuen, Ihnen ein ledergebundenes signiertes Exemplar zu überreichen."

„Keine Fotos", wiederholte Carol in Hilary O'Dells Richtung. Als die Fotografin finster die Kamera herunternahm, sagte Carol zu Gussie: „Können wir jetzt gehen?"

„Machen Sie weiter", wies Gussie die Fotografin an. „So viele große Namen wie möglich."

Sie marschierte Carol und Anne voraus durch die Menge zur Rezeption und bemerkte über die Schulter zu Carol: „Da ist ja ein ziemlicher Frost in der Luft. Ich nehme an, zwischen Ihnen und Hilary ist irgendwas vorgefallen."

„Wir hatten bereits das Vergnügen." Carol ließ sich nicht weiter aus. Sie hatte Hilary O'Dell zweimal am Fotografieren gehindert und war bei etlichen anderen Gelegenheiten kurz davor gewesen, wenn die Fotografin ihren Ermittlungen in die Quere kam und ihre professionellen Grenzen übertrat. Davon abgesehen, mußte sie zugeben, daß sie die Frau ganz persönlich nicht ausstehen konnte.

Während sie sich durch die Menge schoben, schnappte Carol Gesprächsfetzen auf und fragte sich, ob Fionas Tod schon bekannt war. Sie befragte lieber Leute, die von den Details eines Verbrechens keine Ahnung hatten, aber es war schwierig, die Information geheimzuhalten – ein Quatschmaul unter den Polizisten oder unter Gussies Personal reichte, und die Nachricht verbreitete sich wie ein Lauffeuer.

Jemand erkannte sie. „Ist das nicht Carol Ashton? Was hat denn die hier zu tun?" Daraufhin erklärte ein anderer: „Ich glaube, ein Unfall, jemand ist von der Klippe gestürzt. Der Notarztwagen ist da, und es wimmelt von Polizisten." Die meisten Gespräche aber drehten sich ausschließlich um Golf: den Zustand des Platzes, die Plazierung beim Turnier und die Chancen der Top-Spielerinnen.

Der Lärm verebbte, als sie in den mit dickem Teppichboden ausgelegten Flur zu den Verwaltungsbüros traten. Davy Vere räumte noch immer Material in dem Büro beiseite, das nicht größer war als die anderen. Carol hatte erwartet, daß Gussies Büro sie blenden würde, aber der Raum war nur mittelgroß, mit stahlgrauem Teppich und blaßrosa Wänden ausstaffiert, der Schreibtisch war ein sichtlich antikes Stück, doch ansonsten war es eindeutig ein Arbeitsplatz. Auf Dekoration war verzichtet worden, auch auf Fotos oder Gemälde. Mehrere Monitore waren an einer Wand aufgereiht. Der Ton war abgedreht, auf den Bildschirmen war der Golfplatz zu sehen. Auf dem großen Schirm in der Mitte sah man die Spielerinnen spektakuläre Schläge ausführen.

Bei Annes Blick auf den Bildschirm erklärte Gussie: „Direkt aus dem Übertragungswagen. Darauf bestehe ich." Sie deutete auf den mittleren Schirm. „Eine Zusammenfassung der gestrigen Höhepunkte, um die Verzögerung zu überbrücken."

Auf dem Schirm war jetzt eine Spielerin zu sehen, die in einem Sandregen einen Ball aus einem Bunker schlug – ein fantastischer Schlag, der den Ball fast bis zur Fahne im Loch katapultierte. „Ist das nicht Fiona Hawk?" fragte Carol.

Gussie nickte. „Sie beendete den ersten Spieltag gestern acht unter Par und führt mit drei Schlägen."

„Gefolgt von?"

Das amüsierte Gussie. „Aha! Sie denken, sie bekam einen verpaßt, damit eine andere gewinnen kann? Ein bißchen weit hergeholt, fürchte ich. Das Turnier geht über vier Tage, da kann allerlei passieren. Aber wenn Sie es wissen wollen, die nächste liegt fünf unter Par – Kasha London, die Sie vorhin kennengelernt haben. Da hat sie ein bißchen Dusel gehabt, denn sie ist zwar eine gute, aber keine sensationelle Golferin. Dann, zwei Schläge zurück auf dem dritten Platz liegen zwei, die Australierin Brinella Altunga und die Amerikanerin Toni Karstares."

Carol, die golfmäßig nicht gerade auf dem Laufenden war, kannte die beiden Namen durchaus. Brinella Altunga war eine junge Aborigine, die Golf auf einem kleinen verwilderten Neun-Loch-Platz mitten im Nichts gelernt hatte. Sie hatte das Glück gehabt, von einem bekannten Spieler entdeckt und unter die Fittiche genommen zu werden, der dafür gesorgt hatte, daß sie ihre Chance bekam – die sie auf spektakuläre Weise genutzt hatte.

Toni Karstares hatte die Profiliga aufgescheucht und in Angst versetzt, als sie sich unverhohlen als Lesbe bekannte. Jede Frage nach ihrer sexuellen Vorliebe beantwortete sie mit unverklemmter Offenheit, wenngleich sie – ein Stoßseufzer der Erleichterung entfuhr den Golffunktionären – sich nicht dazu hinreißen ließ, andere zu outen.

Davy Vere hatte inzwischen die Akten und Dokumente vom Schreibtisch in einem großen cremefarbenen Safe verstaut, den er jetzt schloß, das Rad verstellte, sich umdrehte und zu Gussie sagte: „Ich habe Erfrischungen für Ihre Gäste geordert." Sein Ton klang mißbilligend. „Noch irgendwas?"

„Vergewissern Sie sich, daß die Änderungen des Turniers ausgeführt werden, und versichern Sie sich, daß die Fernsehkommentatoren Bescheid wissen. Ich will von ihnen nur das hören, was ich hören will. Beeilen Sie sich, die ersten Spielerinnen werden jede Minute abschlagen. Und noch etwas. Kasha London glaubt, jemand habe sich an ihrem Spind zu schaffen gemacht. Sobald Sie Zeit haben, kümmern Sie sich darum, ja?"

Davy nickte knapp und verließ das Büro, indem er Anne von oben bis unten musterte.

„Er ist bi", erklärte Gussie hilfsbereit. „Falls Sie ein Auge auf ihn geworfen haben, sollten Sie das wissen."

Anne grinste. „Vielen Dank für die Information."

Carol schlug einen geschäftsmäßigen Ton an. „Wir werden alle vernehmen, die Fiona Hawk in den letzten Stunden vor ihrem Tod gesehen haben. Gestern hat im Clubhaus irgendeine Veranstaltung stattgefunden, nicht wahr?"

„Nicht irgendeine Veranstaltung", widersprach Gussie sichtlich pikiert. „Es war ein erstklassiger Empfang – auf höchstem Niveau. Nach dem ersten Spieltag dieses Turniers, von dem ich erwarte, daß es zu einem renommierten jährlichen Sportereignis wird, habe ich einen offiziellen Empfang für die Spielerinnen gegeben – selbstverständlich in legerer Kleidung, ich erwarte nicht, daß Profisportlerinnen am ersten Spieltag einen Schrankkoffer anschleppen."

„Wer war noch da außer den Spielerinnen?"

„Es war natürlich in erster Linie eine PR-Geschichte, aber alle, die in der australischen Golfwelt einen Namen haben, waren da, außerdem ein paar berühmte Leute aus den Staaten und Großbritannien, plus einige obligatorische Promis und Agenten, Manager, Sponsoren undsoweiter. Sowie, selbstredend, Vertreter der Medien..."

Sie zog bei diesem Wort eine Grimasse. Carol wurde bewußt, daß Gussie Whitlews Beziehung zu den Medien eine Haßliebe war – sie hofierte sie schamlos, wenn eine neue Kollektion auf den Markt kam oder sie eine Gelegenheit zur Selbstdarstellung entdeckte. Die andere Seite der Medaille war ihr Privatleben, wenn darin herumgestochert oder Gerüchte über Beziehungen zu Personen aus Regierungskreisen, die ihre Mode favorisierten, in die Welt gesetzt wurden.

Es klopfte an der Tür, und sie rief: „Herein." Ein Kellner mit rotem Tablett, beladen mit exquisitem Porzellan, Kaffeekännchen und einer Platte mit Kanapees, trat ein.

„Ich werde Sie gleich verlassen müssen!" Gussie bedeutete dem Kellner, das Tablett auf den Tisch zu stellen und zu gehen. „Davy ist zwar gut, aber manche Details brauchen einfach meine persönliche Hand. Doch bevor ich gehe – Sie haben mir noch nicht gesagt, wie Willoughby die Nachricht aufgenommen hat."

Die Frage kam Carol eigenartig vor, sicherlich erwartete Gussie, daß der Mann außer sich war. „Er wirkte sehr erschüttert", sagte sie. „Er wollte die Tote unbedingt sehen und bestätigte, daß sie seine Tochter war. Dann ließ ich ihn in sein Hotel bringen."

„Mich überrascht nicht, daß er erschüttert war, denn jetzt hat sein gutes Leben ein Ende."

„Inwiefern?"

Gussie schürzte die Lippen. „Offen gesagt, ich denke, für Willoughby war es ohnehin vorbei. Sie sind nicht mehr miteinander ausgekommen, jedenfalls nicht in letzter Zeit. Er ist mit ihr gereist, seit ihre Karriere begonnen hat. Er nannte sich ihr Manager, aber das war eher lachhaft, alle wußten das. Er war ein Schnorrer, würde ich sagen, der seine Tochter abgezockt hat. Vor kurzem hat Fiona ihrem Vater den Vorwurf gemacht, er stecke mit ihrem Agenten Ralph Syncomm unter einer Decke."

„Sie hat ihren Agenten verklagt, nicht wahr?"

„Sehr gut." Gussie zog anerkennend die Brauen hoch. „Sie sind ja von der schnellen Sorte, Kommissarin. Fiona war überzeugt, daß Ralph sie betrog, und dachte, daß Willoughby ihn darin unterstützte. Sie hat mir anvertraut, daß sie Ralph ruinieren und ihren Vater in die Wüste schicken würde."

„Wann war das?"

„Ich weiß nicht genau. Irgendwann gestern vielleicht. Ich hatte eine Menge finanzieller Gespräche mit den Sportlerinnen, vor allem mit Fiona, sie ist – war – eine der hellsten unter den Golfprofis." Gussie gluckste. „Ich hatte nicht vor, Ihnen die Arbeit abzunehmen, Kommissarin, aber ich würde sagen, das ist durchaus ein Mordmotiv. Meinen Sie nicht?"

4

„Hier sind wir also, Kerrie-Louise, auf einem der schönsten Golfplätze des Landes – vielleicht sogar weltweit. Er wurde erst kürzlich umgebaut – nein, völlig neu gestaltet – von dem berühmten Golfplatzarchitekten Binnie Bayline."

Die Kamera schwenkte auf eine glatte attraktive Frau mit makellosen weißen Zähnen. *„Ja, Gavin, der Withlew Country Club ist in perfektem Zustand für die zweite Runde des Whitlew Challenge Turniers. Vor uns liegt ein herrlicher Golftag, auch wenn das Turnier heute morgen mit einer kleinen Verspätung beginnt."*

Die Kamera schwenkte auf den männlichen Kommentator zurück, einen wettergegerbten, etwas übergewichtigen Mann mit braunem Wuschelkopf und Knollennase. *„Bedauerlicherweise ist heute das vierte Loch infolge eines unvorhergesehenen Problems nicht bespielbar"*, erklärte er in gedämpftem, ernstem Ton, *„so daß das erste Loch am Ende der Runde noch einmal gespielt wird, da das Reglement achtzehn Löcher vorsieht."*

Carol sah von dem Plan des Whitlew Country Clubs auf, den Gussie ihr zur Verfügung gestellt hatte, als Anne mit starrem Blick auf den Bildschirm konstatierte: „Es trifft mich doch jedesmal wieder, daß ein Mann so häßlich sein kann, wie er will, aber eine Frau immer eine Schönheit sein muß."

„Zumindest ist diese Schönheit nicht auch noch *jung*", bemerkte Carol.

Jetzt kamen die beiden Kommentatoren zusammen ins Bild. Die Frau fuhr mit besorgter Miene fort: *„Und, Gavin,* *das ist nicht das einzige Problem bei diesem Turnier, nicht wahr?"*

Gavins ernstes Gesicht erschien in Großaufnahme. *„Nein, Kerrie-Louise, das ist es nicht. Heute morgen kam die spektakuläre Erklärung, daß die nach dem ersten Spieltag in Führung liegende britische Spitzenspielerin Fiona Hawk im Whitlew Challenge ausgeschieden ist."*

„Die arme Kerrie-Louise ist bloß Stichwortgeberin für diesen Typen, der hier die interessanten Dinge erzählen darf", sagte Anne.

Die Kamera schwenkte auf Kerrie-Louises überraschtes Gesicht. *„Ohne eine Begründung, Gavin?"*

„Offenbar ist seit dem frühen Morgen die Polizei auf der Anlage, aber eine offizielle Verlautbarung gibt es noch nicht. Da das Spiel gleich beginnen wird, wollen wir uns jetzt den aktuellen Spielstand ansehen..."

Anne beugte sich vor und drehte ihm den Ton ab. Carol grinste. „Die Aufregung lohnt sich nicht, Anne. Rufen Sie den Sender an oder schicken Sie eine E-Mail. Das bringt's, weil die Sender nach dem Prinzip vorgehen, daß auf jede Person, die sich beschwert, Dutzende kommen, die der gleichen Meinung sind, sich aber nicht melden."

Nun ließ sich Carol von Anne berichten, wie weit sie und Terry Roham mit ihrer Liste der dem Opfer nahestehenden Personen und einer vorläufigen Befragung des Personals, den beiden Männern vom Wachdienst an den Eingangstoren und einigen Verwaltungskräften, gekommen waren.

Die Küchenkräfte und Kellner waren noch nicht befragt worden, auch nicht das Team an der Rezeption des Clubhauses.

„Und bisher stand uns noch niemand von den Turnierveranstaltern zur Verfügung. Außerdem erklärte uns Ms. Whitlew, daß die Umkleide- und Presseräume während der Rundfunk- und Fernsehinterviews für uns tabu seien."

„Aus einer Bemerkung von Gussie Whitlew schließe ich, daß Sie sie bereits befragt haben."

Anne grinste. „Naja, ich hab's versucht. Aber im Grunde hat Ms. Whitlew nur wiederholt, was für ein Desaster die ganze Situation sei. Und dann erzählte sie mir alles über Fiona Hawks Agenten, Ralph Syncomm, und was für ein Gauner der ist. Sie verbreitete sich ziemlich ausführlich über Sportagenten, ich weiß jetzt mehr darüber, als ich eigentlich wissen wollte."

Carol erkundigte sich nach den Einzelheiten und dachte dabei, daß es den Eindruck machte, als ob Gussie sowohl Major Hawk als auch Ralph Syncomm in unvorteilhaftem Licht erscheinen lassen wollte.

Anne erklärte, die Aussagen der beiden Wachleute am Eingang hätten im Grunde nichts Erhellendes erbracht, sie hatten über das Kommen und Gehen nicht Buch geführt, als Davy Vere hereinkam.

„Gussie schickt mich, damit ich Sie herumführe." Er wirkte alles andere als erfreut über den Auftrag, doch bei Annes Anblick erhellte sich sein Gesicht ein wenig. Er sagte zu ihr: „Dieser Typ, der vorhin bei Ihnen war – Rowan heißt er, glaube ich –"

„Roham", korrigierte Anne.

„Wie auch immer. Er meinte, ich soll Ihnen sagen, daß er jetzt den Poolaufseher befragt, falls Sie ihn suchen."

„Ja, gehen Sie zu Terry", sagte Carol zu Anne. „Übernehmen Sie die Befragung, er soll sich den Polizisten vom Revier anschließen, die die Obdachlosen auf dem angrenzenden Gelände einkesseln, um sie zu vernehmen."

„Meine Güte", sagte Davy, „könnt Ihr Bullen denn die armen Teufel nicht in Frieden lassen? Nur weil sie außerhalb dessen leben, was die Gesellschaft kläglicherweise für normal erachtet, geht man auf sie los."

„Sie sind potentielle Zeugen, mehr nicht."

„Ach? Und Sie werden ihnen ein paar zivilisierte Fragen stellen und sie dann zu ihrem Lager zurückkehren lassen? Verdammt unwahrscheinlich."

„Das Revier ist hier zuständig."

Bitter verzog er den Mund. „Ja klar", sagte er. „So schiebt man es auf andere. Es ist ja so einfach, sich die unbequemen Dinge vom Hals zu halten."

„Können wir vielleicht die Debatte fortsetzen, während Sie mir das Clubhaus zeigen?"

Er verneigte sich und marschierte hinaus, ohne nachzusehen, ob Carol ihm folgte.

„Was für ein Charmebolzen', bemerkte Anne.

Carol grinste. „Und ich glaube, daß er Sie mag."

***

Davy führte Carol mit kühler Sachlichkeit durch das Clubhaus und die angrenzenden Gebäude. Er kam auf die Obdachlosen nicht zurück und beantwortete ihre Fragen so knapp wie möglich. Abgesehen von den Büros des Managements, die eher spartanisch eingerichtet waren, waren die Bereiche für Sportlerinnen und Öffentlichkeit schick ausgestattet.

„Ich kann Ihnen die Interviewräume jetzt nicht zeigen", erklärte er. „Gussie befürchtet, daß ein Reporter Sie sehen und anfangen könnte, Fragen zu stellen."

Irritiert durch seine barsche Art, entgegnete Carol scharf: „Daß die Medien Fragen stellen, ist unvermeidlich. Ich denke, sie werden sich bereits vor dem Tor versammeln."

Davy rief eine Mitarbeiterin herbei, die Carol durch die privaten Räume der Spielerinnen führte. Einige Sportlerinnen zogen sich gerade um oder plauderten bei Erfrischungsgetränken in einer bequem eingerichteten Lounge. Die Umkleideräume, Saunen, Duschen waren luxuriös, ebenso der Massage- und Makeupraum. Alles war vom Feinsten, beim

Gedanken an den Umkleideraum für Frauen im Polizeipräsidium schüttelte Carol den Kopf. Solche Vergleiche, dachte sie, sind mehr als widerlich.

„Hübsch, nicht?“ sagte ihre Begleiterin, auf deren roter Uniform *Ruth* aufgestickt war. Sie war eine schlanke, fit aussehende Mittvierzigerin. Ironisch grinsend fügte sie hinzu: „Die lieben Kleinen sollen das Gefühl haben, besondere Aufmerksamkeit zu genießen.“

Da sie wußte, wieviel das Personal aufschnappte, lächelte Carol sie an und sagte: „Eine von den lieben Kleinen, wie Sie sie nennen, ist gestorben. Wußten Sie das?“

„Dort oben beim Vierten? Klar, das weiß doch jeder. Es wird gemunkelt, daß es sich um Fiona Hawk handelt, weil sie heute nicht mehr antritt. Stimmt das?“

Carol ging davon aus, daß spätestens mittags, wenn die Geschichte in den Nachrichten käme, ohnehin alle im Bilde wären. „Ja, es ist Fiona Hawk. Haben Sie sie gekannt?“

„Eine ganz schöne Zicke, das war sie. Aber auf dem Golfplatz war sie ein Gedicht, und sie hat gutes Trinkgeld gegeben, somit kann ich persönlich mich nicht beklagen. Wie ist sie gestorben?“

„Tut mir leid, das kann ich nicht sagen.“

Ruth brach in Gelächter aus. „Natürlich können Sie. Aber Sie wollen nicht.“

Carol nickte. „Stimmt. Kann ich Ihnen ein paar Fragen stellen?“

„Nur zu.“ Ruth breitete die Arme aus.

„Ich vermute, daß Sie die Spielerinnen gut kennen.“

„Gussie hat Wert darauf gelegt, daß wir mit allen auf gutem Fuß stehen und uns beim Vornamen nennen. Das war den meisten Frauen recht, außer Fiona, die von Anfang an klargemacht hat, daß wir für sie nur die Dienerinnen sind. Und Brinella Altunga – die auf Distanz hält. Ich glaube, ich habe sie höchstens ein paarmal was sagen hören.“

„Vielleicht ist sie schüchtern?"

Ruth bedachte Carol mit wissendem Blick. „Eher befolgt sie den strikten Befehl ihres Bruders Eddie. Sie kennen ihn? Er bevormundet sie total, und Fiona machte dazu ihre Bemerkungen."

Carol war ganz Ohr und bestärkte Ruth weiterzureden. „Gestern vor Spielbeginn waren alle hier und machten sich fertig. Da kam Brinellas Bruder mit ihr bis zur Tür und flüsterte auf sie ein. Da hat es Fiona gereicht. Sie sagte, das sei ja inzestuös, mit dieser durchdringenden englischen Stimme, so daß Brinella und alle anderen es gehört haben. Dann sagte sie, das sei ja total abartig, und geiferte, bis ihr jemand das Maul stopfte."

„Und wer war das?"

„Toni Karstares. Sie hat es Fiona richtig gestochen, wissen Sie, und ihr gesagt, sie soll Leine ziehen." Ruth ließ keinen Zweifel daran, daß sie ihr Eingreifen aus vollem Herzen unterstützte. „Toni war ganz rot im Gesicht, als würde sie gleich explodieren, und es hätte mich nicht gewundert, wenn sie ausgerastet wäre und Fiona eine geschmiert hätte, aber Kasha und Beth Shima mischten sich ein und beruhigten sie."

„Und wie hat Fiona auf die Attacke von Toni Karstares reagiert?"

„Sie hat es einfach abgeschüttelt und irgendwas gemurmelt, daß Toni schwul sei und so, und sich für das Spiel fertiggemacht. Aber Brinella war ziemlich außer sich. Ein paar Tränen und so. Ich war von den Socken, daß Ashleigh Piddock zu ihr ging, um sie zu trösten, denn das ist die egozentrischste Person, die ich je kennengelernt habe, und das waren so einige – ich kann Ihnen sagen."

Carol stellte ihr noch ein paar Fragen, wie es ansonsten im Umkleideraum so zugeht und zum übrigen Personal. Sie wollte sich gerade verabschieden, als Ruth flüsterte: „Davy

Vere, der da draußen auf Sie wartet – haben Sie ihn über Fiona Hawk ausgefragt?"

„Sollte ich das?"

„Er ist ihr nachgestiegen, und sie hat ihn ausgelacht. Das hat ihm gar nicht gefallen – er nimmt sich sehr ernst, dieser Davy. Damit will ich nicht sagen, daß er irgendwas täte, aber er ist einer von denen, die auf kleiner Flamme kochen, wenn Sie wissen, was ich meine."

***

Als Carol in den Flur hinaustrat, stand Davy mit einer blutjungen Frau zusammen, die Carol bereits hinter der Rezeption gesehen hatte.

„Mina sagt, Uta Dahlberg möchte Sie sprechen." Und als Carol die Brauen hochzog, fügte Davy hinzu: „Sie ist Sportagentin. Sie müssen wohl Ihre Hausaufgaben machen, Kommissarin."

Ein echter Widerling, dachte Carol und fragte sich, wie Gussie ihn aushielt. „Ich gehe zu ihr", sagte sie.

Mina führte Carol zu Gussies Büro zurück. Während sie dort auf Ms. Dahlberg wartete, klingelte ihr Mobiltelefon. Es war Bourke aus dem Präsidium. „Ich habe aus Major Hawk nichts herausgekriegt, was uns weiterhilft. Er hat seinen Kummer in Alkohol ertränkt. Wir können es später noch einmal versuchen. Eine andere Sache – deine Tante Sarah hat angerufen. Ich habe mit ihr gesprochen, und sie klang sehr mysteriös, aber sie sagte, ich soll dir ausrichten, daß sie in Sydney ist und bei Sybil wohnt."

„Tante Sarah hat mir nicht gesagt, daß sie aus den Blue Mountains herkommen wollte." Und auch nicht, daß sie bei Sybil wohnen wollte statt bei ihr.

Da Bourke als nächstes alle, die mit dem Opfer in direkter Beziehung standen, nach Vorstrafen überprüfen würde, bat Carol ihn, Davy Vere mit auf die Liste zu setzen. Sie wechselten noch ein paar Worte über Major Hawk und beendeten das Gespräch, als Mina mit einer Frau zurückkam. Sie war von durchschnittlicher Größe und Gewicht und besaß eine intensive Ausstrahlung. Sie hatte langes schwarzes Haar und einen blassen Teint und richtete ihre dunklen Augen wie einen Laser auf Carol.

Carol stellte sich vor und bat Uta Dahlberg, Platz zu nehmen. Ihre helle klare Stimme überraschte Carol und auch daß sie keinen Akzent sprach, sondern ganz und gar australisch klang, was sie bei dem Namen nicht vermutet hätte.

„Ich wollte Sie sprechen, Kommissarin, weil ich erst kürzlich einen Vertrag mit Fiona Hawk abgeschlossen habe. Gussie hat mir gerade gesagt, daß sie tot ist. Stimmt das?“

Carol schlug ihr Notizbuch auf und zückte ihren goldenen Stift. „Das stimmt.“

Konsterniert sah Uta Dahlberg sie an. „Sind Sie sicher, daß es Fiona ist?“

„Ja.“

„War es ein Unfall?“

Es ist ganz normal, dachte Carol, anzunehmen, daß es sich beim plötzlichen Tod einer gesunden jungen Frau um einen Unfall handle. Es sei denn, daß Details über die Leiche durchgesickert waren und die Gerüchteküche in Gang gesetzt hatten.

„Nicht unbedingt“, erklärte Carol.

Ein Lächeln huschte über Uta Dahlbergs Gesicht. „Sie sind ja nicht besonders mitteilsam, Kommissarin.“

Daß Gussie womöglich ihre Bitte, keine Einzelheiten über die Tote auf der Klippe auszuplaudern, mißachtet hatte, irritierte Carol, und so fragte sie: „Hat Gussie Whitlew Ihnen berichtet, was Fiona Hawk zugestoßen ist?“

„Sie hat mir nur gesagt, daß Fiona tot ist. Natürlich habe ich Gussie gefragt, wie sie gestorben ist, aber sie zuckte die

Achseln und erklärte, Sie hätten ihr untersagt, Auskunft zu geben. Deshalb wollte ich Sie ja sprechen."

„Wann haben Sie Fiona Hawk das letzte Mal gesehen?"

Diese Standardfrage von Carol schien Uta zu amüsieren. „Jetzt klingen Sie direkt wie eine Detektivin", bemerkte sie.

Carol wartete schweigend. Utas Lächeln erstarb. „Ich hatte gestern abend auf dem Empfang ein längeres Gespräch mit Fiona. Sie sagte mir, sie hätte Syncomm in Kenntnis gesetzt, daß er sie nicht länger vertritt und daß sie mit mir einen Vertrag abschließen wolle."

„Existierte denn ein gültiger Vertrag zwischen ihnen?"

„Gute Frage. Es gab einen Vertrag, aber Fiona erklärte ihm, daß sie ihn einseitig auflösen würde. Sollte er Ärger machen, würde sie ihn wegen Betrugs, Unterschlagung etcetera verklagen." Uta schüttelte den Kopf. „Das wäre eine lange, unerquickliche und sehr kostspielige Angelegenheit geworden, deshalb war Fiona gewillt, von der Klage abzusehen, wenn er eine Entschädigung zahlen und den Vertrag auflösen würde."

„Und Mr. Syncomms Reaktion?"

„Keine Ahnung, aber ich glaube kaum, daß er glücklich darüber war. Er bekommt zwanzig Prozent von allen Einnahmen Fionas, und bei ihrem Erfolg ist das eine Menge Geld."

Carol drehte die Kappe ihres goldenen Schreibers ab und fragte: „Um welche Uhrzeit fand das Gespräch mit ihr statt?"

„Relativ früh, gegen sieben, würde ich sagen. Wir redeten vielleicht eine Viertelstunde, dann ist Fiona gegangen, um mit den hinter ihr liegenden Spielerinnen ihre Psychospielchen auszutragen."

„Psychospielchen?"

Mit widerstrebender Bewunderung erklärte Uta Dahlberg: „Wie ich fürchte, hat sich Fiona ganz der Philosophie verschrieben, daß in der Liebe und im Krieg jedes Mittel recht ist. Und jedes Turnier, an dem sie teilnahm, war Krieg für sie. Deshalb war ich ja so erpicht, sie zu vertreten – Fiona war ein Gewinnertyp. Ihre Strategien fand ich nicht immer gut, aber sie funktionierten. Sie nutzte jede Gelegenheit zu einer freundlichen Plauderei mit ihren Konkurrentinnen. Sie studierte deren Spiel und kannte ihre Schwächen. Sie legte es darauf an, die Saat des Zweifels in sie zu streuen, ihr Selbstvertrauen zu erschüttern, sich für den nächsten Tag einen möglichen Vorteil zu ergattern."

Carol dachte, daß Fiona Hawk mehr und mehr zum idealen Mordopfer wurde, und fragte: „Sie wollte also ihre Psychospielchen spielen und zwar mit...?"

„Sehen Sie sich die Plazierung an – Kasha, Toni und unser australischer Golfstar Brinella, obwohl Fiona wußte, daß sie bei Brinella nicht die geringste Chance hätte, weil ihr Bruder Eddie sie ständig wie ein Schießhund bewachte. Und ich weiß, daß sie sich Sorgen machte, weil Ashleigh Piddock die letzten drei Löcher mit einem Birdie beendet hatte und direkt hinter den Führenden lag mit zwei unter Par."

Carol sah auf das Blatt ihres Notizbuches, das sie geistesabwesend mit aneinanderhängenden Rechtecken und Pfeilen darin bekritzelt hatte. Wenn Fionas Tod Mord war – und da war sie sicher –, schien die Liste der Verdächtigen beständig zu wachsen. Ironisch in sich hineingrinsend, fragte sie sich, ob es nicht einfacher wäre, erst mal festzustellen, wer kein Motiv hatte, statt das Gegenteil.

„Was glauben Sie, an wen Fiona herangetreten sein könnte?"

Uta fühlte sich offensichtlich geschmeichelt, nach ihrer Meinung gefragt zu werden. „Ich vertrete eine von ihnen", sagte sie. „Kasha London. Sie war eine meiner ersten Klientinnen, aber jetzt neigt sich ihre Profikarriere dem Ende zu. Eine gute, aber keine aussichtsreiche Spielerin. Gewiß wird Gussie nicht froh sein, daß Kasha jetzt führt, wenn auch nur vorübergehend. Es ist eine Schande, aber Kasha hat schon seit Jahren kein Turnier mehr gewonnen, deshalb bin ich sicher, daß sie auch jetzt zurückfällt."

„Wenn Sie sich die Topspielerinnen dieses Turniers anschauen, gibt es eine, die Fiona besonders gefürchtet hätte?"

„Gar keine Frage – Toni Karstares. Sie ist ein Dynamo auf dem Platz. Sie ist lesbisch, was nicht das erste sein sollte, was die Leute erwähnen, aber das ist es. Sie wird froh sein, daß Fiona aus dem Rennen ist. Toni lag dieses Jahr schon zweimal direkt hinter ihr."

„Und Brinella Altunga?"

Uta verzog das Gesicht. „Ich hätte sie gern unter Vertrag, aber ihr Management ist eine reine Familiensache. Sie als Klientin zu haben, wäre ein Traum – sportliche Botschafterin ihres Landes, Rollenmodell für Aboriginekinder etcetera etcetera... Und wie ich schon sagte, wäre Fiona nur schwer an sie rangekommen – Brinellas Bruder hätte dafür gesorgt."

Carol überflog die Liste der Topspielerinnen des Turniers, die Gussie ihr überlassen hatte. „Sie haben auch noch Ashleigh Piddock erwähnt."

„Ashleigh Piddock? Sie ist ein amerikanisches Wunderkind, aber eine so irritierende junge Frau habe ich noch nie kennengelernt. Ich vertrete sie übrigens ebenfalls."

Als Uta Dahlberg gegangen war, ergriff Carol die Gelegenheit, Tante Sarah zurückzurufen. Sie wählte Sybils vertraute Nummer, und es zog ihr das Herz zusammen, als Sybil antwortete: „Carol, wie schön, deine Stimme zu hören. Ich hole dir Tante Sarah an den Apparat."

Während sie wartete, sah Carol ihre Tante direkt vor sich, die kleine mollige Gestalt, die energischen Gesten, der weiße Wuschelkopf.

Tante Sarah meldete sich mit der ungeschminkten Erklärung: „Carol, Darling, ich dachte, du solltest wissen, daß ich damit rechne, morgen verhaftet zu werden."

5

Carol rief Jeff Duke, den Pathologen, an und bat ihn, ihr den Gefallen zu tun, die Autopsie von Fiona Hawk vorzuziehen, worauf er wie üblich moserte: „Verdammt, Carol, Sie sind eine Pest. Immer wollen Sie alles am liebsten gestern. Diese Woche sterben die Leute wie die Fliegen – direkt beängstigend. Ich stecke hier bis über die Ohren in Leichen."

„Bitte, Jeff – diese ist sehr wichtig."

Er schnaubte spöttisch. „Das sagen Sie jedesmal, Carol. Na gut, ich kann Ihrem Charme ja doch nie widerstehen, aber Sie schulden mir was – und nicht zu knapp. Morgen vormittag, gleich in der Frühe – und ich weise darauf hin, daß das bedeutet, daß ich zum Teil auf meinen Samstag verzichten muß, falls Ihnen das entgangen sein dürfte. Und ich will nicht Mark Bourke dabeihaben, sondern Sie!"

Wenig begeistert stimmte sie zu und dachte, daß sie noch so viele Obduktionen miterleben mochte, nie würde sie sich daran gewöhnen und nie angesichts eines zerlegten menschlichen Körpers Lockerheit entwickeln können. Als sie auflegte, zog die Übertragung des Spiels auf dem Bildschirm ihre Aufmerksamkeit auf sich, und sie drehte den Ton hoch.

Kerrie-Louise sagte gerade: *„...die Inspiration für junge Sportlerinnen und für die Rasse der Aborigines."*

„Ja, Kerrie-Louise", pflichtete Gavin ihr bei, *„in unserem Spielerinnenprofil vom Whitlew Challenge zeigen wir Brinella Altungas kurze, aber glanzvolle Karriere."*

Obwohl sie von der jungen Aborigine gehört und gelesen hatte, da die Medien seit ihrem kürzlichen Start als Profigolferin des Lobes voll waren, kannte Carol doch nur die übliche kometenhafte Stargeschichte, deshalb lauschte sie aufmerksam.

Die Bilder von Brinella in einer Interviewsequenz zeigten sie als schüchterne, wenig wortgewandte Person mit glatter dunkler Haut, leuchtend braunen Augen und einem Ausdruck, der besagte, sie wäre lieber woanders. Die Clips von Brinella beim Golfspielen waren das absolute Gegenteil. Als Sportlerin besaß sie Selbstvertrauen und Grazie, und sie hatte einen so fließenden Schwung, daß sie zur ersten Garde der verläßlichen, präzisen Langschlägerinnen gehörte.

Es folgte ein kurzer Lebenslauf, angefangen mit Kindheit und Jugend in einer Kleinstadt, dann die zufällige Bekanntschaft mit einem erfolgreichen Profigolfer, die der Anfang einer Reihe siegreicher Spiele war, bis zu ihrem spektakulären Debüt in der internationalen Profiliga, wo sie direkt ein Mastersturnier gewann.

Interessiert sah Carol, daß Brinella fast immer von ihrem Bruder begleitet wurde, dessen Gesichtsausdruck im allgemeinen von unterschwelligen Ressentiments beherrscht war. Eddie Altunga wurde in dem Profil sowohl als ihr Manager wie auch als ihr Caddie genannt, und der Sprecher fügte emotional hinzu: ihre Inspiration.

Es folgte ein Schnitt, und die Kamera zeigte den Platz, dazu der Kommentar von Kerrie-Louise, daß Brinella Altunga beim Einlochen war. *„Und damit zu Ihnen, Debbie."*

„Vielen Dank, Kerrie-Louise", sagte die Stimme der Berichterstatterin am Loch. Es war eher das übliche halbe Flüstern, um die Spielerinnen nicht zu stören. *„Und für einen Birdie ist der Putt ziemlich lang. Bisher sind ihre Bälle sehr präzise gewesen. Jetzt schlägt sie kraftvoll und entschlossen und... Ja!"*

Gedämpfer Beifall und Klatschen folgten. Brinella bückte sich und fischte den Golfball aus dem Loch, reichte ihn ihrem Caddie, der ihn abwischte. Eine oder zwei Minuten lang blieb die Kamera auf ihren Bruder gerichtet, Carol musterte ihn aufmerksam. Er war dünn und reckte das Kinn, seine Körpersprache, sogar unter der Golftasche, suggerierte trotzige Herausforderung.

Jetzt schwenkte die Kamera zur nächsten Spielerin beim Abschlag. *„Kasha London hat für dieses Loch ein Eisen acht gewählt... Und sie schlägt sauber ab."* Die Kamera folgte dem Flug des Balls durch den blauen Himmel. *„Es sieht aus, als hätte dieser Ball Gegenwind"*, erklärte die Berichterstatterin. *„Gewiß wird sie auf die linke Seite des Fairways zielen... Ach! Sie ist weit ab ins Gebüsch gekommen. Diese Plazierung wird sie nicht freuen!"*

Carol sah auf ihre Uhr und beschloß, zum Fundort der Leiche zu gehen, ehe sie die Befragung organisierte. Die Eingangshalle des Clubhauses war fast leer. Draußen brannte die Sonne vom wolkenlosen Himmel, aber die steife Brise vom Meer machte die Hitze erträglich.

Die Spurensicherung packte auf dem Parkplatz ihre Sachen zusammen. „Haben Sie irgendwas Überraschendes gefunden?" erkundigte sich Carol.

„Wir haben den ganzen verdammten Bunker durchgesiebt", sagte der Teamleiter. Er öffnete eine braune Beweismitteltüte und ließ sie hineinschauen. „Wir haben gefunden, was zu erwarten war – Vogelscheiße, tote Insekten und solches Zeug. Und dies hier."

Dies hier war eine kostbare Goldkette aus ineinandergreifenden flachen Gliedern.

„Die Schließe ist gebrochen", sagte er.

„Wo lag sie in Bezug zur Leiche?"

„Direkt unter der Oberfläche des Sandes, etwa einen Meter vom Kopf der Toten entfernt auf der rechten Seite."

Carol nahm ihre Sonnenbrille ab und musterte die Kette. „Ich brauche Fotos, Großaufnahmen."

Er nickte. „So schnell wir können."

„Ist es in Ordnung, wenn wir den Fundort der Leiche räumen? Der Club dringt auf Freigabe des vierten Lochs für das Turnier."

Wieder nickte er. „Von mir aus, aber Sie sind der Boss."

In ihrer Jackentasche klingelte das Mobiltelefon. Die fröhliche Stimme Terry Rohams meldete sich: „Ich bin auf dem Revier. Sie halten einen der Obdachlosen fest, die sie heute morgen im Naturschutzgebiet aufgetrieben haben, und Coop sagt, Sie möchten vielleicht rüberkommen. Er schickt jemanden, um Sie abzuholen. Es dauert nur fünf Minuten."

„Ich warte am Haupteingang."

Nachdem sie Anne eine Nachricht hinterlassen hatte, begab sich Carol zum Haupteingang. Der Auflauf in der Umgebung des Clubhauses heute morgen hatte sich auf den Golfplatz verlagert. Von einem Grün in der Nähe wehte Applaus herüber, und Carol konnte beobachten, wie unterschiedlich sich die Zuschauer verhielten, manche hielten Schritt mit den Spielerinnen, die zu ihrem Ball aufs Fairway gingen, andere scharten sich ums Grün, wo sie in gespanntem Schweigen zusahen, wie die Spielerinnen einputteten – oder auch nicht.

Draußen vor dem Haupttor hatte sich eine Menschentraube gebildet. Als Carol auf das Wachhäuschen zuging, einem kleinen Glaskasten zwischen den Ein- und Ausfahrtschranken, sah sie eine Reihe von Leuten da stehen, einige waren Golffans, die meisten Vertreter der Presse.

„Geben Sie uns ein Statement, Carol?" rief ein forscher, allzu bekannter Reporter. Als sie den Kopf schüttelte, erschallte ein allgemeiner Seufzer der Enttäuschung. Vor einem gesperrten Gelände zu warten, daß etwas – irgend etwas – geschähe, war außerordentlich langweilig.

Der Wagen vom Revier brauchte länger als die angekündigten fünf Minuten, deshalb unterhielt sie sich solange mit dem Wachmann. Er hieß Steve und arbeitete seit zwanzig Jahren für Gussie Whitlew.

„Sie ist eine prima Chefin", vertraute er ihr an. „Vor sechs Monaten habe ich mir beim Fußballspielen mit meinen Jungs eine Knieverletzung zugezogen, da hat Ms. Whitlew mich von der Firmenzentrale, wo ich als Wachmann viel laufen mußte, hierher zum Country Club versetzt."

„Wie strikt ist die Bewachung hier am Haupteingang?" fragte Carol, obwohl Anne ihr bereits berichtet hatte, daß sie zwischen nachlässig und völlig lasch wechselte. Und als sie heute morgen gekommen war, hatte die Schranke tatsächlich offengestanden, und niemand hatte wissen wollen, wer sie war und was sie hier zu suchen hatte.

Steve rieb sich das Kinn und wand sich. Schließlich antwortete er: „Nun, um die Wahrheit zu sagen, nicht ganz so strikt, wenn Sie wissen, was ich meine, jedenfalls nicht bis heute morgen, nachdem sie das arme Mädchen tot aufgefunden haben." Er hielt sein Klemmbrett hoch. „Jetzt hat man Jim und mich angewiesen, jedes Auto anzuhalten – in beide Richtungen – und sie ein- und auszutragen."

Carol deutete auf die Menge draußen. „Ich habe heute morgen Reporter auf dem Parkplatz gesehen."

„Ja, und ich hatte höllische Mühe, sie rauszubefördern. Es war ein bißchen wie Katzen hüten." Er grinste Carol an. „Manche haben versucht, sich sofort wieder reinzuschleichen, aber Jim geht Patrouille, und ich passe hier auf, daß nur die akkreditierten Medien auf der Anlage sind."

Ein Streifenwagen brauste die Straße herauf, bog in den Haupteingang und hielt direkt vor der Schranke. „Ich werde abgeholt", sagte Carol.

Steve gluckste, beugte sich vor und rief dem Fahrer zu: „Hughie, mach mal halblang. Die Kommissarin möchte heil ankommen." Er wandte sich zu Carol und erklärte: „Wir sind Kollegen. Hughie fährt nachts Patrouille um den Golfplatz."

Carol schwang sich auf den Beifahrersitz, und Hughie, der ein wenig rot geworden war, setzte den Wagen sehr viel vorsichtiger auf die Straße zurück. Er war schmal gebaut, hatte ein jungenhaftes Gesicht und sehr helle Haut und wirkte entschieden zu jung, um Polizist zu sein. „Entschuldigung, Kommissarin, ich bin ein bißchen verspätet."

„Ihr Name ist?"

„Oh, nochmals Entschuldigung. Hugh Haver, aber alle nennen mich Hughie."

„Nun, Wachtmeister Haver, Sie verdienen sich ein bißchen Geld nebenbei durch den Wachdienst", bemerkte sie.

Hughie verzog die Schultern und blickte sie von der Seite an. „Naja. Nur für ein paar Tage, solange das Turnier dauert."

„Waren Sie die einzige Person auf Patrouille?"

„Ja."

„Weiß Vernon Coop davon?"

Sein Blick sagte ihr, daß er seinen Vorgesetzten nicht informiert hatte. Hughie räusperte sich. „Er hat heute morgen alle gefragt, aber ich hab's nicht zugegeben. Ich mußte auf dem Revier nämlich die Schicht wechseln, damit ich frei hatte, aber das hab' ich mir nicht genehmigen lassen, deshalb dachte ich, ich halte mich lieber bedeckt." Er starrte nach vorn und kaute auf seiner Unterlippe.

„Obwohl es sich auf dem Golfplatz vermutlich um Mord handelt? Gewiß haben Sie erwartet, vernommen zu werden."

Er sah sie verdrossen an. „Ich hab' nicht meinen richtigen Namen angegeben. Es wurde bar auf die Hand gezahlt – unter dem Tisch, wissen Sie."

„Tatsächlich?"

Nervös erklärte er: „Ich hätte mich schon gemeldet, wenn es irgend etwas zu sagen gegeben hätte, Kommissarin, im Ernst. Ich bin alle fünfzehn Minuten um den Golfplatz gefahren, die ganze Nacht lang, und nichts ist passiert."

„Sie haben die ganze Zeit weder ein Auto noch einen Menschen gesehen?"

Bei ihrem skeptischen Blick errötete er. „Naja, natürlich hab' ich ein paar Autos gesehen – Leute, die nach Hause gefahren sind oder zum Strand oder..." Er nahm eine Hand vom Lenkrad und machte eine Sie-wissen-schon-wie-das-ist-Geste. „Ich meine, irgend jemand ist ja immer unterwegs."

„Einer davon könnte der Mörder gewesen sein."

Er riskierte einen Blick in ihre Richtung, dann sah er wieder auf die Straße. „Ehrlich, Kommissarin, ich hab' wirklich nichts Ungewöhnliches gesehen."

„Wenn ich nachher Ihr Revier verlasse", erklärte Carol, „möchte ich Ihren vollständigen schriftlichen Bericht über alles, woran Sie sich erinnern, vom Beginn Ihrer Patrouille gestern nacht bis heute morgen, als Sie nach Hause gefahren sind. Jede Einzelheit, auch wann und wo Sie austreten waren. Ist das klar?"

Hughie schluckte. „Jawohl, Kommissarin." Während der restlichen Fahrt sagte er kein Wort mehr.

***

„Ich möchte Ihnen Mr. Vincent Goss vorstellen", sagte Coop mit halbem sarkastischem Grinsen. „Mr. Goss lebt in dem illegalen Obdachlosenlager in unserem Naturschutzgebiet." Er beugte sich zu dem sitzenden Mann herab und stieß ihm fast die Nase ins Gesicht. „Und du willst nicht arbeiten, nicht wahr, Vinny? Du glaubst, der Staat schuldet dir den Lebensunterhalt, hm?"

Carol schätzte, daß Goss, wenn er stünde, Coop um Haupteslänge überragte. Sie hielt Goss für etwa Ende Vierzig. Er war ein knochiger Mann mit grauen Strähnen im ungekämmten braunen Haar, trug eine relativ saubere, sehr verschlissene braune Hose und ein ebenso altes langärmliges Hemd, er saß mit gesenktem Blick und den Händen im Schoß da, Coops Worte schienen ihn nicht zu erreichen.

Carol sah sich im Vernehmungszimmer um. Es sah aus wie unzählige andere, in denen sie schon gewesen war, und roch nach dieser bekannten Mischung aus abgestandenem Rauch, Schweiß und Angst. Terry Roham, der vergeblich ernstzubleiben versuchte, stand da und knete seine Hände auf dem Rücken. Er hatte eine schlaksige Gestalt und feines lockiges Haar, das sehr kurz geschnitten war. Er war der Neuzugang in ihrem Team und fürchtete, Fehler zu machen, aber bisher hatten Carol seine impulsive Art und seine Neigung, die Kurven zu schneiden, nicht gerade beeindruckt. Terry erinnerte sie an einen übergroßen Welpen voller Lebensfreude, doch ohne Disziplin.

Inspektor Coop baute sich breitbeinig auf, vergrub die Hände in den Taschen und sagte: „Ich kann dir jede Menge Vergehen anhängen, Vinny, wenn du nicht den Mund aufmachst – zum Beispiel Widerstand gegen die Staatsgewalt."

„Ich möchte mit Mr. Goss allein sprechen", sagte Carol.

Das überraschte Coop sichtlich, es freute ihn gar nicht, daß sie auf ihn verzichtete. „Ich habe ihn schon befragt. Hab' kein Wort aus ihm rausgekriegt, obwohl seine Kumpel gesagt haben, er sei gestern nacht auf dem Golfplatz gewesen." Er starrte Goss an. „Vinny ist nicht kooperativ, aber was erwartet man schon von einem derart abgewrackten Subjekt?"

Carol nahm einen der ramponierten Holzstühle und setzte sich an den ebenso ramponierten Holztisch ihm gegenüber. „Mr. Goss", sagte sie, „ich bin Kriminalkommissarin Carol Ashton. Ich möchte Ihnen ein paar Fragen stellen über einen Fall, den ich gerade bearbeite." Sie signalisierte den beiden Polizisten, den Raum zu verlassen.

Terry Roham öffnete die Tür, die Enttäuschung, ausgeschlossen zu werden, stand ihm ins Gesicht geschrieben. Coop blieb unentschlossen an der Tür stehen. „Sie könnten allein nicht sicher sein", sagte er. „Der Typ könnte womöglich der Täter sein."

„Ich schreie um Hilfe, wenn nötig."

Bei ihrem spöttischen Ton runzelte Coop die Stirn. „Wie Sie meinen", sagte er, folgte Roham nach draußen und knallte die Tür hinter sich zu.

Goss hob den Kopf. „Der Inspektor wäre froh, wenn Sie um Hilfe rufen müßten", bemerkte er mit kultivierter Stimme.

Carol grinste. „Ich schrei aber nicht", entgegnete sie. „Das paßt nicht zu meiner Position."

Er ließ einen amüsierten Laut hören und sagte: „Sie können mich Vinny nennen, wenn Sie wollen. Vincent Goss bin ich schon sehr, sehr lange nicht mehr." Er klopfte mit den Knöcheln sachte gegen seinen Kopf. „Verwirrt", erklärte er. „Bevor ich Probleme hatte, war ich Universitätsdozent. Wirtschaftswissenschaftler. Ist das nicht zum Lachen?"

Er ließ die Hand wieder in den Schoß sinken. „Ich habe keinen Widerstand beim Abführen geleistet", sagte er. „So etwas mache ich nie. Es gibt den Polizisten einen Grund, dich zu schikanieren."

„Haben Sie gehört, was gestern nacht auf dem Golfplatz passiert ist?" fragte Carol.

Vinny nickte. „Schlechte Nachrichten verbreiten sich schnell. Jemand wurde auf der Klippe umgebracht. Das stimmt doch, nicht wahr?"

„Ja, eine junge Frau. Wissen Sie irgend etwas, das mir bei meinen Ermittlungen helfen könnte?"

Er legte die Hände auf den Tisch. Carol sah, daß seine Nägel völlig abgekaut waren. Er bemerkte ihren Blick und sagte: „Ich habe eine ganze Menge schlechter Angewohnheiten. Ich kaue meine Nägel, und ich trinke zuviel, und ich rauche zuviel." Er blickte sie hoffnungsvoll an. „Sie haben wohl keine Fluppe für mich, oder?"

„Ich rauche nicht.

„Wie schade. Ich könnte jetzt eine gebrauchen.“ Vinny trommelte auf den Tisch, offenbar unschlüssig, ob er Carol trauen sollte oder nicht. Schließlich sagte er: „Da sind Jugendliche, hier aus der Gegend, die belästigen uns. Es macht ihnen Spaß, unser Lager ein bißchen zu verwüsten und uns aufzulauern. Nicht allzu schlimm – nur soviel, daß sie sich wie tolle Kerle fühlen können.“

„Gestern haben Sie diese Jungen gesehen?“

Er nickte bedächtig. „Da sind vor allem zwei, die oft am frühen Abend kommen und nach verlorenen Golfbällen suchen, um sie zu verkaufen. Ich tu das auch, das bringt ein bißchen was. Ich verkaufe sie am Übungsgelände. Für 'n Appel und 'n Ei natürlich, aber besser als nichts.“

„Und gestern?“

„Ja. Die beiden waren da. Ich weiß nur ihre Vornamen. Der größere, gemeinere heißt Justin. Er ist ein abgefeimtes Miststück. Der jüngere heißt Ken. Ein Mitläufer, einer von denen, die alles mitmachen, was ein stärkerer Junge vorschlägt.“

Carols Meinung über die Bewachung des Country Clubs sank noch ein paar Grad tiefer. „Ich glaube, wegen des Turniers sind zusätzliche Kräfte zur Bewachung des Geländes vor Eindringlingen engagiert worden“, sagte sie.

„Wenn dem so ist, habe ich nichts davon gesehen, und die Jungs hat niemand aufgehalten.“ Er lächelte schlau. „Das Gelände ist zwar eingezäunt, aber das heißt überhaupt nichts. Drunter her kommt man leichter als drüber. An einigen Stellen, wo Buschwerk am Zaun steht und etwas Deckung bietet, kann man drunter durchkriechen. Und wenn man riskieren will, sich den Hals zu brechen, kann man immer noch die Klippen hochklettern.“

Carol hatte von den Klippen die Steilküste hinuntergeschaut und angenommen, daß niemand den bröseligen Sandstein erklimmen würde, aber nun wurde ihr klar, daß sie sich nicht vergewissert hatte. „Wie schwer ist es, da hochzuklettern? Haben Sie es versucht?“

„Ich?“ Vinny prustete vor Lachen. „Ich hab’s nicht mit der Höhe.“ Dann fügte er nüchtern hinzu: „Ich hab’s mit vielen Dingen nicht mehr.“

Carol nahm sich vor, die Klippen als Fluchtweg überprüfen zu lassen, und fragte: „Was ist gestern nacht auf dem Golfplatz geschehen?“

Er rieb sich den Kiefer, die grauen Stoppeln klangen wie ein Reibeisen. „Da ist dieser Haufen von Buschwerk – dort findet man oft verirrte Bälle und im Bach in der Nähe, da lassen die Spieler die Bälle drin liegen, weil sie sich keine nassen Füße holen wollen. Es war heller Vollmund, und ich hab’ mich umgesehen, als ich die Jungs kommen hörte. Hab’ mich unter einem Busch versteckt, weil mich die kleinen Scheißer das letzte Mal verprügelt haben. Ohne jeden Grund, aber für sie ist es ein Spaß.“ Er schüttelte den Kopf.

„Heller Vollmond?“ fragte Carol. „Ich kann mir nicht vorstellen, daß man im Mondlicht viele Golfbälle findet.“

Vinny biß sich auf die Lippen. Carol wartete. Schließlich sagte er, die Augen auf den Tisch geheftet: „Ich hab’ ein bißchen Geld gekriegt, am Nachmittag. Eine nette Frau auf dem Parkplatz vom Supermarkt... Ein paar Sachen waren ihr runtergefallen, und ich hab’ sie aufgehoben. Sie gab mir ein paar Dollar, vielleicht um mich loszuwerden. Jedenfalls hab’ ich mir ’ne Flasche Sherry gekauft.“ Er blickte hoch. „Trockenen Sherry“, sagte er, als sei das ein wichtiger Punkt.

„Ich mag auch keinen süßen Sherry“, sagte Carol. „Und was hat all das mit dem Golfplatz zu tun?“

„Im Lager teilen wir alles, wissen Sie.“ Vinny rieb sich mit der Hand übers Gesicht, offensichtlich verlegen. „Ich wollte diesmal nicht teilen. Ich hab’ den Sherry versteckt, und als ich die Möglichkeit hatte, hab’ ich ihn hervorgeholt und mich auf den Golfplatz verdrückt, um ihn zu trinken.“

Na toll, dachte Carol, ein möglicher Zeuge, der höchstwahrscheinlich betrunken gewesen war. Laut fragte sie: „Und die Jungs? Justin und Ken?"

„Führten da was Böses im Schilde, würde ich sagen."

„Was geschah dann?"

„Wir alle hörten etwas – ich und die Jungs. Sie hielten an und schauten sich um."

„Was, genau, haben Sie gehört?"

„Laute Stimmen, aber nicht in der Nähe. Ich konnte kein einziges Wort verstehen. Aber ich konnte hören, daß jemand richtig außer sich war. Echt wütend, kann ich Ihnen sagen."

„Jemand brüllte?"

„Die andere Stimme schrie auch etwas."

„Diese Stimmen, können Sie sagen, ob sie weiblich oder männlich waren?"

„Ich weiß nicht. Stimmen halt."

Carol beugte sich vor. „Vinny, um wieviel Uhr war das?"

Vinny zuckte die knochigen Schultern. „Es war schon dunkel – aber noch nicht sehr spät. Lange vor Mitternacht. Ich hab' keine Uhr. Brauch' ich ja nicht."

„Nun gut, können Sie mir sagen, wo diese Leute waren, als Sie hörten, wie sie sich stritten?"

„Klang so, als wären sie in der Nähe der Klippen. Jedenfalls diese Richtung. Und die Jungs, die dachten das auch. Sie flüsterten miteinander und gingen dann los." Er schüttelte heftig den Kopf. „Auf gar keinen Fall wollte ich warten, ob ich sonst noch was sehe. Ich hab' mich auf der Stelle davongemacht. Es waren mir einfach zu viele Leute da."

Er langte über den Tisch und tippte vor ihr auf die Platte. „Sie sollten die Jungs finden. Fragen Sie sie. Sie gingen in Richtung der beiden Stimmen."

„Sind Sie sicher?"

„Ich bin sicher." Er lehnte sich zufrieden zurück. „Vielleicht hat es ja einer von ihnen getan."

6

Hugh Haver fuhr Carol und Terry Roham zum Country Club zurück. Rohams Bemühungen, sich mit ihm zu unterhalten, beantwortete er einsilbig und reichte Carol beim Aussteigen vor dem Clubhaus einige Blätter Papier. „Die wollten Sie doch von mir haben", sagte er.

Sie faltete die Seiten zusammen und steckte sie in ihre Jackentasche. „Wenn ich weitere Einzelheiten brauche, werde ich auf Sie zurückkommen. Übrigens habe ich es Coop nicht gesagt. Das wollte ich Ihnen überlassen."

Hugh nickte mürrisch und fuhr ab. „Um was ging es?" fragte Terry.

„Der Wachtmeister hat letzte Nacht als Nebenjob einen kleinen Wachdienst eingeschoben und ist am Golfplatz Patrouille gefahren. Ich bat ihn um einen Bericht."

Terry klappte den Mund auf, um etwas zu sagen, doch Carol kam ihm zuvor.

„Vernon Coop läßt seine lokalen Verbindungen spielen, um die Jugendlichen aufzuspüren, die nach der Aussage von Vincent Goss gestern nacht auf dem Golfplatz waren. Ich möchte, daß Sie sich bei den Platzwarten umhören – vielleicht ist jemand über die beiden namens Justin und Ken gestolpert, womöglich beim Überklettern des Zauns. Die Jungs könnten den Mord gesehen haben, und ich möchte, daß sie gefunden werden – schnell."

Als Carol in Gussie Whitlews Büro zurückkehrte, fand sie Gussie gebückt vor ihrem geöffneten Tresor. „Ich hole nur ein paar Papiere, bin gleich wieder verschwunden."

Bei dem Gedanken, daß Gussie Whitlew noch immer genauso aus dem Ei gepellt aussah wie heute früh beim vierten Loch, fragte Carol: „Hat Fiona Hawk eigentlich einen Mietwagen gehabt? Und ist sie vor dem Empfang in ihr Hotel gegangen, um sich umzuziehen?“

Gussie richtete sich auf. „Ich glaube nicht. Das war ja nicht nötig, ich hatte darauf bestanden, daß es ein Empfang ohne Förmlichkeiten sei.“

„Wie ist sie morgens von ihrem Hotel zum Country Club gekommen?“

Gussie befingerte ihre perfekte Frisur. „Limousine“, erklärte sie. „Wenn Fiona gefahren werden wollte, rief sie einfach den Fahrdienst an. Ich habe etliche Chauffeure, die rund um die Uhr in Bereitschaft stehen.“

„Hat sie gestern abend einen Fahrer gerufen?“

„Ich glaube nicht. Außerdem hätte sie leicht mit einer anderen Spielerin fahren können, die sich für die Dauer des Turniers für einen Mietwagen entschieden hatte.“ Sie lächelte Carol an. „Lieben Sie Luxuskarossen, Kommissarin?“

„Wieso fragen Sie?“

„Schnelle Wagen sind meine Leidenschaft. Ich habe einen roten Ferrari und einen gelben Porsche. Erlauben Sie mir, Sie mal zu einer Spritztour einzuladen. Oder vielleicht möchten Sie ja lieber selbst fahren. Suchen Sie sich einen Wagen aus, und er gehört Ihnen – solange Sie mich mitnehmen.“ Ihrem Ausdruck nach erwartete sie, daß Carol ihr Angebot annahm.

„Vielen Dank, aber ich bin mit Ermittlungen beschäftigt.“

„Dann halt später, wenn Sie denjenigen gefunden haben, der diese grauenhafte Tat begangen hat.“ Ihre animierte Miene wich der Ernüchterung. „Es ist ein schrecklicher Gedanke, daß es vielleicht jemand ist, den ich kenne, mit dem ich jeden Tag rede.“

Impulsiv legte sie Carol die Hand auf den Arm. „Es könnte doch einer von den Obdachlosen aus dem Lager gewesen sein. Sie sind die halbe Zeit betrunken und gefährlich. Haben Sie die überprüft? Ich beschwere mich dauernd bei den zuständigen Behörden, aber niemand unternimmt was."

„Sie sind vernommen worden."

Gussie ließ die Hand sinken und seufzte tief. „Immer sehe ich Fionas Gesicht vor mir, wie sie da im Sand liegt mit halb offenen Augen. Das war grotesk, entsetzlich."

In diesem Moment erschien es Carol, als gäbe der Tod Gussie einen makabren Kick. Um jede weitere Diskussion über dieses Thema zu unterbinden, fragte sie: „Erwarten Sie für morgen hier eine Demonstration?"

Carols unerwartete Frage beantwortete Gussie postwendend: „O Gott, ja! Diese aufgeblasenen Umweltschützer, sie hassen Golfplätze im allgemeinen und meinen im besonderen. Sie haben eine Presseerklärung verschickt, worin sie ihre Demo gegen das Turnier ankündigen. Plemplem, diese Mischpoke. Nennen sich ‚Ökohexen für die Umwelt' – können Sie sich das vorstellen? Ein Haufen ältlicher Frauen der Mittelklasse, die mit ihrer Zeit Besseres anzufangen wissen sollten." Und sarkastisch fügte sie hinzu: „Golfspielen, zum Beispiel, wäre eine exzellente Ablenkung."

„Meine Tante Sarah gehört auch zu den Ökohexen", sagte Carol.

„Sie scherzen."

„Leider nein."

Gussie runzelte die Stirn. „Dann sorgen Sie dafür, daß Sie keinen Fuß auf mein Gelände setzt, sonst werde ich sie und ihre radikalen Freundinnen wegen Hausfriedensbruch verhaften lassen, noch bevor sich ihre grauen Köpfe umgeschaut haben", erklärte sie vehement.

„Es ist mir noch nie gelungen, Tante Sarah zu etwas zu bewegen, was sie nicht tun wollte."

Gussie starrte Carol an. „Dann werden Sie einen Knastvogel in der Familie haben. Und warten Sie nur, bis irgendein neugieriger Reporter die Tatsache ans Licht bringt, daß sie mit der berühmten Kriminalkommissarin Carol Ashton verwandt ist. Dann ist die Kacke am Dampfen!"

„Hoffentlich reizt es Sie nicht, diese kleine Information durchsickern zu lassen", entgegnete Carol freundlich.

„Nun, es reizt mich schon, aber nein, das Geheimnis Ihrer Aktivistentante ist bei mir gut aufgehoben."

* * *

Am späten Nachmittag kamen Anne Newsome und Terry Roham, um Bericht zu erstatten. Das Resultat ihrer Befragungen half nicht viel weiter, obwohl Terry berichtete, der Platzwart Joe Gallagher hätte ein paarmal eine Gruppe Jungs verjagt; seines Erachtens seien sie aus der Gegend.

Carol schickte Terry Roham los, um herauszufinden, ob man vom Meer zum vierten Loch hinaufgelangen könnte. „Und, bitte, brechen Sie sich nicht das Genick, Terry", riet sie ihm, „wir ersticken schon jetzt in Papierkram."

Grinsend eilte er aus dem Büro, während Carol noch überlegte, ob ihre scherzhafte Warnung seinen Tatendrang dämpfen würde.

Mark Bourke rief an, um ihr mitzuteilen, daß Davy Vere ein kleines Vorstrafenregister besaß, er war dreimal wegen Tätlichkeiten angeklagt, aber nur einmal verurteilt worden, und da es seine erste Verurteilung war, wurde die Strafe zur Bewährung ausgesetzt. „Wie es heißt, ist er der Wadenbeißer seiner Chefin, und Gussie Whitlew besorgt ihm die besten Anwälte, die es gibt."

„Irgendwas über Major Hawk oder seine Tochter?"

Hawk war zweimal wegen Trunkenheit am Steuer verurteilt worden, einmal in England und einmal in Australien, und das war erst ein paar Wochen her, als Fiona an einem Vorbereitungsturnier in Melbourne teilgenommen hatte. Fiona Hawk hatte keine Vorstrafen, aber bei der englischen Polizei Anzeige erstattet, daß sie verfolgt würde.

„Verfolgt? Irgendwelche Details?“ fragte Carol.

„Es wurde niemand gefaßt. Ich habe um die Berichte gebeten und sollte sie bis morgen haben.“

„Wissen wir einen Namen?“

„Nur einen Vornamen“, antwortete Bourke. „Der Typ nannte sich Byron.“

„Das könnte durchaus auch sein Nachname sein.“

Bourke schwieg, dann seufzte er. „Nun gut, Carol, ich kann Gedanken lesen. Du willst wissen, ob ein Typ mit Namen Byron in den letzten Tagen nach Australien eingereist ist, vor allem aus Großbritannien.“

„Demnächst brauchen wir gar kein Telefon mehr“, bemerkte Carol lachend.

***

Die Identität der Toten war inzwischen allgemein bekannt, und den erwarteten Ansturm der Medien, die Interviews, Statements oder einfach ein Foto wollten, hatte Gussie Whitlews Pressebüro hervorragend gemeistert.

Der Polizeichef hatte Carol um eine kurze Erklärung für die Abendnachrichten gebeten. „Dies ist eine internationale Nachricht“, sagte er. „Also machen Sie Ihre Sache gut, Carol. Sie kennen sich ja aus.“

Am zweiten Spieltag des Whitlew Challenge führte Toni Karstares, gefolgt von Susann Johansson, die Schwedische Sensation genannt, und Ashleigh Piddock, die eine tolle Runde mit sechs Birdies und einem Eagle hingelegt hatte. Die nächsten unter den fünf besten waren Brinella Altunga und die erst vor kurzem in die Profiliga aufgestiegene Japanerin Beth Shima. Kasha London war – wie Gussie vorausgesagt hatte – zurückgefallen und lag jetzt auf Platz zehn.

Carol hatte Anne losgeschickt, um Toni Karstares aufzutreiben und auch Kasha London und Brinella Altunga mitzuteilen, daß sie das Clubhaus erst verlassen dürften, wenn sie befragt worden seien. „Und wenn Ralph Syncomm irgendwo steckt, will ich ihn sprechen", fügte sie hinzu.

Anne kehrte mit einer großgewachsenen, selbstsicheren Frau zurück. „Toni Karstares", stellte sie sich vor und drückte Carol fest die Hand. „Bringen wir es hinter uns."

Als Carol sich vorstellte, antwortete Toni Karstares: „Ich bin im Bilde, Kommissarin Ashton. Gussie hat in den höchsten Tönen von Ihnen geschwärmt."

Sie war von kräftiger Statur, nicht dick, aber stämmig, und hatte breite Schultern. Sie war braungebrannt und ihr kurzgeschnittenes dunkelblondes Haar von der Sonne gebleicht. Carol fielen ihre kornblumenblauen Augen auf und ihre graziösen Hände mit den langen Fingern. Sie trug noch ihre Wettkampfkleidung, marineblaue Shorts und ein hellblaues Polohemd mit dem Logo ihres Sponsors auf der linken Brust und dem linken Ärmel.

Carol bedeutete ihr, Platz zu nehmen. Ohne Umschweife sagte Toni: „Fiona ist tot."

„Bedauerlicherweise, ja."

„Unfall oder Absicht?"

Als Carol kommentarlos die Achseln zuckte, fuhr Toni fort: „Es ist kein Geheimnis, daß ich sie nicht mochte. Und sie mich auch nicht."

„Aus einem bestimmten Grund?"

Carol erntete ein verächtliches Lachen. „Das würde ich sagen, allerdings. Fiona Hawk war eine rassistische, homophobe Zicke und im Grunde gegen alle, die nicht wie sie der Meinung waren, *sie* sei das Gelbe vom Ei. Da war sie bei mir gerade richtig, denn erstens bin ich lesbisch, und zweitens hasse ich Eier."

Toni lehnte sich in ihren Stuhl zurück, zog das Bein an

und legte salopp den Fuß auf ihr Knie. Aber da machte sie Carol nichts vor, denn ihre Schultern wirkten verkrampft, ihr linker Kiefer malte.

Tonis Stimme klang gelassen. „Sie können sich gar nicht vorstellen, wie herrlich es ist, von Fiona in der Vergangenheitsform zu sprechen."

„Sie haben sich gestern vor Spielbeginn mit ihr gestritten."

Unbeeindruckt antwortete sie: „Wer denn nicht? Sie hatte ein paar von uns angeblafft, mich auch; am Nachmittag hat sie dann lauthals mit ihrem Agenten gestritten."

„Hat Ralph Syncomm und seine Agentur SGL auch noch andere Golfspielerinnen unter Vertrag?"

„Ralph versucht, seine Liste auszubauen, doch verglichen mit IMG oder anderen ist SGL eher ein kleiner Fisch. Ralph vertrat mich, als ich vor drei Jahren in der Profiliga gestartet bin und das erstemal gewonnen habe, aber als die Medien sich auf mich stürzten und ich ein paar exzellente Sponsoren an Land gezogen hatte, fand er, daß ich zu offen sei. Er meinte, ich sollte verschweigen, daß ich lesbisch bin. Ich weigerte mich, darauf trennten sich unsere Wege."

„Dieser Streit zwischen Fiona und ihm – worum ging es dabei?"

„Ich bin erst am Schluß dazugekommen, Sie sollten Ashleigh fragen. Sie hat fasziniert daneben gestanden, denn Ralph will gerade ihr Agent werden, und wenn so eine wie Fiona Hawk ihm vorwirft, sie um eine Million Dollar betrogen zu haben, ist Ashleigh natürlich ganz Ohr."

„Vermutlich meinen Sie Ashleigh Piddock. Sie hat heute gut gespielt."

„Ja, die Teenager-Sensation. Die Venus Williams des Golf. Sie ist manchmal noch ein Gör, aber im großen und ganzen okay."

Carol fiel ein, daß Uta Dahlberg gesagt hatte, sie sei Ashleigh Piddocks Agentin. So setzte Carol die junge Golferin im Geist mit auf ihre Liste der möglichst rasch zu Befragenden.

„Wann haben Sie Fiona Hawk das letzte Mal gesehen?" fragte Carol.

„Das war auf der Toilette irgendwann gestern abend bei dem Empfang. Vielleicht gegen sieben. Fiona stand vor dem Spiegel, um ihr Makeup zu überprüfen, und verspritzte, wie üblich, ihr Gift über irgendwen oder irgendwas – fragen Sie mich keine Einzelheiten. Ich habe es mir zur Regel gemacht, Fionas Lamento einfach zu überhören."

Als Carol wissen wollte, mit wem sich Fiona unterhalten hatte, lachte Toni Karstares. „Mit jeder, die zugehört hat, aber in diesem speziellen Fall war es Kasha London. Kasha kann man alles überkübeln – sie ist netter, als ihr guttut. Offengesagt ist sie die einzige auf der Profitour, die sich Fionas Gemecker noch anhört."

„Fiona war also schwierig?"

„*Unmöglich* zu uns – der Charme in Person für die Außenwelt. Wie ich schon sagte, eine richtige vergoldete Zicke." Sie blickte auf ihre Uhr und stand auf. „Leider muß ich jetzt gehen."

Auch Carol erhob sich. „Dies ist nur eine vorläufige Befragung. Wir werden uns noch einmal unterhalten müssen."

Toni blieb an der Tür stehen und grinste. „Ich gehe nicht weg, Kommissarin – jedenfalls nicht, bevor ich dieses Turnier gewonnen habe."

Wenige Minuten später klopfte es leise an die Tür. „Kommissarin Ashton, könnte ich Sie kurz sprechen?"

Carol sah auf, es war die Mitarbeiterin, die ihr bei der Besichtigung des Clubhauses die Umkleideräume gezeigt hatte. „Ruth, nicht wahr? Kommen Sie herein."

„Ruth Galland." Sie machte einen sehr viel gedämpfteren Eindruck als noch vor ein paar Stunden. „Könnte ich noch mal auf das zurückkommen, was ich gesagt habe?"

Neugierig bot Carol ihr einen Stuhl an. „Was wollen Sie mir sagen?“

„Ich habe nachgedacht... Ich habe wohl etwas übertrieben, was Davy Vere und Fiona betrifft.“ Ruth lächelte verlegen. „Hab' den Mund wohl etwas vollgenommen.“

„Hat jemand mit Ihnen darüber gesprochen?“

Ruth schüttelte den Kopf. „Nein, natürlich nicht.“

„Ich glaube, Sie haben gesagt, daß Davy Vere Fiona Avancen gemacht und sie ihn ausgelacht hat.“

Ruth wand sich unbehaglich. „Ich habe da übertrieben. Er hat nur Spaß gemacht, es war nichts Ernstes.“

Carol lehnte sich zurück und fixierte die Frau vor ihr. Das lange Schweigen machte Ruth nervös. „Ich gehe jetzt lieber“, sagte sie.

Carol beugte sich vor und sagte streng: „Davy Vere hat Ihnen gesagt, Sie sollen zu mir kommen und erklären, Sie hätten übertrieben.“

Ruth lief rot an. „Ich habe ihm gesagt, ich würde das richtigstellen. Und das habe ich getan.“

„Woher wußte er, daß Sie mir das erzählt haben?“

„Ach Gott – es war eine der anderen Mitarbeiterinnen.“ Ruth verzog die Schultern. „Dies ist ein guter Job, wissen Sie. Ich möchte ihn nicht verlieren.“

„Was genau hat Mr. Vere Ihnen gesagt?“

Ruth seufzte. „Wenn Sie mich zwingen, das zu sagen, werde ich totsicher gefeuert.“

„Das glaube ich nicht.“

„Na gut.“ Sie ächzte. „Er nahm mich beiseite und sagte, er hätte gehört, was ich Ihnen erzählt habe, und daß ich meinen Job in den Mond schreiben könnte, wenn ich die Scharte nicht auswetze, so daß Sie glauben, was ich zuvor gesagt habe, sei eine Lüge gewesen.“

Ruths Gesicht wurde hart, und etwas von der positiven Frau, die Carol vor einigen Stunden gesehen hatte, kam wieder zum Vorschein. „Davy ist wirklich ein ziemliches Miststück“, sagte sie. „Er weiß, daß ich alleinerziehend bin und es mir nicht leisten kann, meine Arbeit zu verlieren, auch nicht für kurze Zeit.“

„Was Sie mir zuvor gesagt haben, stimmt?“

Zögernd nickte sie. „Ja.“

Carol beruhigte Ruth ein wenig und schickte sie hinaus. Dann saß sie nachdenklich da. Gussie Whitlew mochte eine hohe Meinung von Davy Veres Begabungen haben – hoch genug jedenfalls, um seine arrogante Art zu entschuldigen. Aber selbst sie würde die Augen aufreißen, wenn sie wüßte, daß er einer Mitarbeiterin mit Entlassung gedroht hatte, falls sie nicht die Geschichte auftischte, die er ihr diktierte.

Carol merkte, daß sie direkt darauf wartete, Davy Vere zu vernehmen.

7

Ralph Syncomm hatte Anne gesagt, er hätte noch einen dringenden Termin, deshalb wollte er Carol sofort sprechen. Zehn Minuten später wirbelte er ins Büro, sichtlich in der Absicht, das Gespräch zu dominieren.

„Kommissarin Ashton!“ Er schüttelte ihr energisch die Hand. „Ich bin wirklich ein wenig in Eile, aber ich habe Ihnen ein bißchen Zeit freigeschaufelt.“

Sie dachte, daß er aus seiner schmalbrüstigen Gestalt mit den scharfen Gesichtszügen das Beste gemacht hatte. Sein bräunliches Haar war kunstvoll frisiert, um die beginnende Glatze zu verdecken, und ein geschmackvoller Maßanzug kaschierte seine schmächtige Figur. Er trug einen schweren goldenen Siegelring an der linken Hand und einen Onyxring am kleinen Finger der rechten. Seine Uhr war, was sie kaum überraschte, eine Rolex.

„Syncomm ist ein ungewöhnlicher Name“, bemerkte sie.

Er warf sich auf den Stuhl gegenüber vom Schreibtisch. „Ja, das ist ein ungewöhnlicher Namen, hab’ ich mir schließlich auch selbst ausgesucht. Sie wissen ja, daß das legal ist. Ich habe Smith geheißen. Sehen Sie das Problem? Smith... wer behält schon einen solchen Allerweltsnamen? Und wer würde Syncomm vergessen?“

„Genial“, sagte Carol.

Syncomm runzelte argwöhnisch die Stirn und fragte sich offensichtlich, ob das ironisch gemeint war.

Carol lächelte ihn freundlich an. „Könnten Sie mir etwas über Golfsponsoren erzählen?“

Er drohte ihr spöttisch mit dem Zeigefinger. Carol dachte, daß es ihr gar nicht schwer fiele, Ralph Syncomm ziemlich ätzend zu finden.

„Nun gut“, sagte er. „Im Grunde sitzt das dicke Geld da, wo echtes Konzernsponsoring stattfindet. Profigolferinnen und -golfer sind wandelnde Werbeflächen; auch wenn die Männer im Golf die wirkliche Kohle abräumen, bleibt für die Mädels noch ein hübscher Batzen.“

Carol dachte, daß er zu den Typen gehörte, die sich, mit etwas Bestärkung, um Kopf und Kragen redeten. „Könnten Sie mir noch etwas mehr sagen?“ fragte sie.

„Klar doch.“ Ralph Syncomm grinste breit, und Carol hörte förmlich, wie er insgeheim herablassend „Schätzchen“ hinzufügte.

Sie blickte ihn ermunternd an, und er fuhr fort: „Also, nehmen wir zum Beispiel eine Topspielerin. Sie trägt eine Sonnenblende oder Kappe, nicht wahr? Die Blende hat nur die Vorderfront, aber wenn man sie dazu bringt, eine Kappe zu tragen, gibt es noch die Seiten und die hintere Fläche.

Das sind schon hunderttausend – amerikanische Dollars."
„Soviel?" bemerkte Carol höflich, als er eine erwartungsvolle Pause machte.
„Das ist erst der Anfang. Was zählt, ist, daß eine Kamera so oft wie möglich das Firmenlogo oder den Namen ins Bild bringt. Das heißt, der linke Ärmel ist wertvoll, weil dort beim Putten die Kamera steht. Dann der linke Brustbereich..." Er hielt inne und grinste. Carol übte sich in Geduld.
„Naja, wissen Sie", fuhr er fort, „das ist wertvolles Terrain, wenn man Rechtshänderin ist, weil – wie Sie sich schon denken – die Kamera bei Spielen da draufhält. Dann gibt's noch die anderen Sachen, die Golftasche zum Beispiel, aber mit der Kleidung wird das große Geld gemacht."
„Sie können einen Anteil der Einkünfte Ihrer Klientel einbehalten?"
Syncomm tat brüskiert, als läge der Frage eine versteckte Kritik zugrunde. „Ja, natürlich. Ich mach' schließlich die Arbeit, suche die Sponsoren, überzeuge sie, daß mein Mädel der große Knüller für ihre Knete ist, und dann muß ich das Ganze vertraglich festzurren."
Syncomm blickte Carol bedeutungsvoll an. „Die Höhe variiert von Konzern zu Konzern, und ich habe Stillschweigen zugesichert, falls Sie mich nach konkreten Summen fragen wollen." Dann fügte er mit schlauem Lächeln hinzu: „Ich kann meine Verträge nicht offenlegen – Berufsgeheimnis, könnte man sagen."
Carol spielte mit ihrem goldenen Schreiber. „Außer vom Sponsoring gibt Ihnen eine Spielerin gewiß einen bestimmten Prozentsatz von ihren sonstigen Einnahmen."
Er sah sie lauernd an. „Ja...?"
„Ich habe gehört, daß es zwanzig Prozent sind."
„Schon möglich." Er begutachtete seine Fingernägel. „Leider kann ich das weder bestätigen noch bestreiten. Beim Baseball ist es so."

„Wenn also Fiona Hawk, die von den Profigolferinnen am meisten verdient, ihren Vertrag mit Ihrer Agentur auflöst, heißt das, Sie verlieren eine beträchtliche Summe."

Syncomm schnaufte aufgebracht. „Also, Kommissarin Ashton, wir wollen doch mal auf dem Teppich bleiben, was? Fiona hat mir einen Haufen Geld eingebracht, das bestreite ich gar nicht. Aber es gibt noch mehr Golfspielerinnen, die in der Lage sind, das große Geld abzuräumen."

„Fiona Hawk hat Ihnen eine Schadensersatzklage angedroht."

„Ach, bitte!" Seine lange Nase rümpfte sich verärgert, und Carol fand, daß er aussah wie ein aufgestörtes Kaninchen. „Glauben Sie mir, das war nicht ernst gemeint. Die Sache ist etwas hochgekocht, das ist alles. Ich gebe Willoughby Hawk die Schuld. Er hat etwas falsch verbucht, worüber sie sich aufgeregt hat."

„Sie haben sich vor den Umkleideräumen schrecklich mit ihr gestritten."

„Wer sagt, daß es schrecklich war?"

„Mindestens zwei Zeuginnen."

Syncomm war total angespeist. „Karstares war die eine, stimmt's? Diese verdammte Lesbe, nichts als Ärger." Er stützte die Ellbogen auf die Knie. „Schauen Sie mal, Kommissarin, dies hier sind Spitzenathletinnen, und sie sind temperamentvoll wie alle Stars." Er schüttelte betrübt den Kopf. „Und ich muß Ihnen sagen, daß Fiona temperamentvoller war als die meisten. Sie ist schon bei der kleinsten Kleinigkeit aus der Haut gefahren."

„Man hat mir gesagt, sie hätte Ihnen vorgeworfen, sie um eine Million Dollar geprellt zu haben."

„Da haben Sie es. Eine typische Übertreibung. Bei der Summe, über die wir gesprochen haben, ging es gerade mal um ein paar Hunderttausend. Und wenn Sie etwas von einer Klage gehört haben, ist das falsch. Total falsch."

Sie wechselte das Thema und fragte, wann er Fiona Hawk das letzte Mal gesehen hatte.

„Um mit ihr zu reden? Als wir diese Debatte vor dem Umkleideraum hatten. Später sah ich sie auf dem Empfang, wie sie sich mit den richtigen Leuten unterhielt, sich fotografieren ließ und all das. Ich beschloß, daß sie sich erst mal abregen sollte, und ging ihr aus dem Weg. Ich habe nicht bemerkt, wann sie gegangen ist."

„Wann haben Sie den Empfang verlassen?"

Syncomm lehnte sich zurück und verschränkte die Arme. „Keine Ahnung."

„Sind Sie mit jemandem weggegangen?"

Carols Fragen ärgerten ihn sichtlich. „Werfen Sie mir irgend etwas vor?" konterte er. „Sie können ja wohl nicht glauben, daß ich irgendwas mit dem zu tun habe, was Fiona passiert ist."

„Dies sind reine Routinefragen."

Syncomms dünne Lippen verzogen sich zu einem bitteren Strich. „Warum nehmen Sie *mich* in die Mangel? Wenn Sie eine Verdächtige brauchen, versuchen Sie's doch mit Uta Dahlberg. Sie ist ganz scharf darauf, ihren mittelmäßigen Talentschuppen aufzupeppen, und als sie von unserer kleinen Auseinandersetzung gehört hat, ist sie ihr sofort auf die Pelle gerückt. Fiona sagte mir, sie hätte sie einfach ausgelacht und geantwortet, sie dächte ja nicht im Traum daran, sich von einer so zweitklassigen Agentur vertreten zu lassen. Darauf sagte Uta, das würde sie ihr heimzahlen."

***

Ashleigh Piddock schlenderte Kaugummi kauend herein und sah aus wie vierzehn, obwohl sie schon fast zwanzig war, wie Carol wußte. Sie war schlank, hübsch, hatte eine gewaltige kastanienbraune Lockenmähne und bewegte sich mit der Selbstsicherheit einer Person, die ihre Welt unter Kontrolle hat. Sie blickte sich interessiert um, dann plumpste sie unelegant auf den Stuhl, auf den Anne deutete.

Mit verschränkten Armen saß Carol halb auf dem Tresor. Sie hatte beschlossen, die Zuschauerrolle einzunehmen und die Befragung Anne zu überlassen, die Ashleigh näher stand, was das Alter betraf und vielleicht auch die Interessen.

„Sicher haben Sie gehört, daß Fiona Hawk tot ist...", begann Anne.

„Meine Güte, ja. Ich kann es kaum glauben."

Anne wartete, aber Ashleigh dachte nicht daran, etwas hinzuzufügen. Deshalb fuhr Anne fort: „Gestern waren Sie Zeugin einer hitzigen Auseinandersetzung zwischen Fiona und ihrem Agenten, Ralph Syncomm. Stimmt das?"

Ashleigh schob sich den Kaugummi von einer Backe in die andere. „Ja klar. Direkt vor dem Umkleideraum."

„Sie haben gehört, was sie sagten?"

„Quasi", sagte Ashleigh. „Sie haben ja laut gebrüllt, wer hätte das überhören können?"

„Wer war noch Zeugin – außer Ihnen?"

Ashleigh gestikulierte vage. „Quasi alle. Waren ja viele Leute drumrum, aber Fiona war das egal. Sie brüllte quasi, Sie haben mich ein letztes Mal abgezockt, Sie Arschloch."

„Sie war wütend?"

Ashleigh sah sie mitleidig an. „Sag' ich doch. Sie brüllt quasi, Sie Arschloch, und darauf er, jetzt regen Sie sich mal ab, Fiona. Und da ist sie quasi ausgerastet."

Carol grinste in sich hinein, als Anne sie beharrlich über den Inhalt der Auseinandersetzung ausfragte. Bald wurde klar, daß Ashleigh entweder nicht wirklich zugehört hatte oder mit den Einzelheiten nicht rausrücken wollte.

Genauso war es, als Anne sie fragte, wann sie Fiona Hawk das letzte Mal gesehen hatte.

„Ich war auf dieser Party, aber wenn sie auch da war, erinnere ich mich nicht, sie gesehen zu haben. Jedenfalls bin ich früh gegangen. Es war total langweilig." Sie streckte sich geziert. „Kann ich jetzt gehen?"

„Noch eine Frage", sagte Anne. „Haben Sie kürzlich die Agentur gewechselt?"

„Ich bin noch bei Uta", erklärte Ashleigh mit verschlossenem Gesicht. „Wieso?"

„Sie wechseln nicht zu Ralph Syncomm?"

Ashleigh erhob sich. „Vielleicht. Möglich ist alles."

„Tut mir leid", erklärte Anne, nachdem Ashleigh gegangen war. „Da hätte ich wohl mehr herausholen können."

Carol lächelte sie an. „Ich glaube nicht, daß ich mehr herausgebracht hätte. Die junge Frau ist entweder total auf sich selbst zentriert, oder sie will uns nicht sagen, was sie weiß."

Carol unterbrach sich, als ein dunkelhäutiger junger Mann, den sie sofort als Eddie Altunga erkannte, ins Büro marschierte. „Wer von Ihnen heißt Ashton?"

„Dies ist Kriminalkommissarin Ashton", sagte Anne kühl. „Und wer sind Sie?"

Er kehrte Anne abrupt den Rücken und wandte sich an Carol: „Ich bin Eddie Altunga, Brinellas Bruder."

Carol überrumpelte ihn, indem sie die Hand ausstreckte und liebenswürdig sagte: „Mr. Altunga."

Er zögerte, mit sichtlichem Unbehagen schüttelte er ihr die Hand und fragte: „Warum wollen Sie meine Schwester sprechen? Sie weiß überhaupt nichts."

Carol deutete auf den Stuhl, doch er schüttelte den Kopf. „Ich bleibe nicht lange. Also? Was ist mit Brinella? Mitten im Turnier sollten Sie sie nicht stören."

„Fiona Hawk wurde heute morgen tot auf dem Golfplatz gefunden."

„Ich weiß", sagte er ungeduldig. „Aber das hat nichts mit meiner Schwester zu tun. Kapiert? Sie wird nicht mit Ihnen reden." Er wandte sich zum Gehen.

Leise sagte Carol: „Mr. Altunga, nicht nur Brinella wird mit mir reden, Sie auch. Setzen Sie sich."

„Und wenn ich mich weigere?"

Statt einer Antwort starrte sie ihm unverwandt in die Augen. Einen Moment darauf wandte er den Blick ab, machte ein paar Schritte zurück und warf sich auf den Stuhl. Mit verschränkten Armen knurrte er: „Verdammte Bullen. Was meinesgleichen betrifft, sind Sie alle gleich."

Auch wenn sie es nicht zeigte, empfand Carol einen Anflug von Sympathie für den jungen Aborigine. Sie hatte erst unlängst einen Bericht gelesen, der für das schwarze Australien ein Bild des Zorns, der Verzweiflung und Gewalttätigkeit zeichnete.

Verglichen mit anderen Mitbürgerinnen und Mitbürgern lag die Rate der Inhaftierten fünfzehnmal höher, die Wahrscheinlichkeit, ermordet zu werden, war für Aborigines achtmal so groß und die Wahrscheinlichkeit, Opfer familialer Gewalt zu werden, erschütternderweise gar fünfundvierzigmal so hoch. Und Australiens brutale Geschichte von Intoleranz und Schlimmerem gegenüber den Ureinwohnern des Landes hatte Wunden geschlagen, die von Generation zu Generation weitergetragen wurden.

„Wie es scheint, handelt es sich hier um einen Mordfall", erklärte sie, „somit verstehen Sie wohl, daß ich alle befragen muß, die in den letzten Tagen mit dem Opfer zu tun hatten."

Eddie Altunga grunzte. Sie nahm es als positives Zeichen und nickte Anne zu, die ihr Notizbuch aufschlug. Das erregte sofort Eddies Argwohn. „Was schreiben Sie da auf? Ich unterzeichne nichts, gar nichts."

„Dies ist eine vorläufige Befragung. Für eine formale Aussage besteht vielleicht gar keine Notwendigkeit."

Eddie ließ das Kinn auf die Brust sinken. „Ja? Dann bringen Sie's hinter sich, okay?"

„Wie sind Sie mit Fiona Hawk ausgekommen?"

Er verdrehte die Augen, offenbar fand er diese Frage absurd.

„Mr. Altunga?"

„Sie war ein rassistisches Aas. Basta."

Carol sah ihn forschend an und sagte: „Am Donnerstagmorgen hat es zwischen ihr und Brinella einen Wortwechsel gegeben."

Er fuhr hoch. „Brinella hat mir erzählt, worauf die blöde Kuh angespielt hat, falls Sie das meinen." Er schob streitlustig das Kinn vor. „Und ich hab' sie mir daraufhin vorgeknöpft."

„Sie haben Fiona Hawk zur Rede gestellt?"

„Auf dem Empfang Donnerstagabend. Ich hab' sie in die Ecke gedrängt und ihr meine Meinung gesagt."

„Hat es dabei Zeugen gegeben?"

Eddie verzog den Mund zu einem halben Lächeln. „Sie denken, ich würde mich zum Narren machen und Brinella brüskieren, indem ich sie vor allen Leuten anschreie? Es war in aller Stille – aber diese verdammte Hawk wußte genau, was passieren würde, wenn sie so etwas noch einmal sagt –, ich hätte das Luder wegen Verleumdung verklagt und dafür gesorgt, daß es in allen Zeitungen steht."

Er erklärte, Fiona danach nicht mehr gesehen zu haben, da er mit seiner Schwester zusammen schon früh den Empfang verlassen hätte. Sie wären in ihr Hotel gegangen, wann wußte er nicht genau. „Ich trage keine Uhr", erklärte er und reckte sein nacktes Handgelenk.

Carol stellte ihm noch ein paar Fragen und sagte dann: „Ich möchte mit Ihrer Schwester sprechen."

„Das können Sie nicht!" verkündete er triumphierend. „Direkt nach ihrer Runde hat Brinella einen Fototermin mit einer Zeitschrift. Sie wird bereits gegangen sein." Und zufrieden fügte er hinzu: „Also haben Sie sie verpaßt."

„Dann werde ich sie morgen befragen, vor Turnierbeginn."

Er sprang auf. „Ich werde verhindern, daß man Brinella vor dem Spiel aufregt."

Und als Carol schwieg, blaffte er: „Typisch, verdammte Bullen."

Er stürzte an Gussie vorbei aus dem Büro. „Aber, aber, Kommissarin", schalt sie. „Sie scheinen Eddie verärgert zu haben."

„Das ist nicht sehr schwer."

„Überhaupt nicht. Der junge Mann hat eine sehr kurze Lunte. Aber etwas anderes: Kasha hat einen Migräneanfall. Ich habe sie in ihr Hotel geschickt, deshalb können Sie sie erst morgen befragen." Sie bedachte Carol mit einem bezaubernden Lächeln. „Hoffentlich bringt es Ihren Vernehmungsplan nicht völlig durcheinander, Kommissarin."

Ohne eine Antwort abzuwarten, fuhr sie fort: „Haben Sie schon zu Mittag gegessen?" Ihre Frage galt eindeutig Carol.

„Ich hatte noch keine Zeit."

„Ich bestehe darauf, daß Sie auf der Stelle mitkommen und etwas essen." Gussie lächelte Anne an. „Ich bin sicher, daß Wachtmeisterin Newsome die Stellung hält."

Eher interessiert an dem, was Gussie zu sagen hätte, als am Essen, stimmte Carol bereitwillig zu. Gussie führte sie zu einem Eßzimmer, dessen Ausstattung im Regency-Stil völlig aus dem Rahmen fiel. Carol betrachtete das elegante Mobiliar und die zart gestreifte Tapete. „Wie entzückend."

Gussie lachte. „Überraschend, nicht wahr, inmitten eines ultramodernen Gebäudes? Mir gefällt es, Menschen zu überraschen." Sie winkte der Serviererin, die an der Tür wartete. „Also, was möchten Sie?"

„Kaffee wäre schön."

„Sie können doch nicht nur von Kaffee leben", sagte Gussie streng. „Wie wär's mit einem Glas Wein?"

„Kaffee wäre mir lieber – schwarz, bitte."

„Wo denke ich hin!" rief Gussie spöttisch. „Da habe ich

so viele Krimis gesehen, daß ich eigentlich wissen müßte, wie unakzeptabel es ist, einer Kommissarin im Dienst Alkohol anzubieten." Sie hielt inne. „Später vielleicht?"

„Vielen Dank, aber ich glaube nicht."

„Ich werde sehen, was ich tun kann, um Ihre Meinung zu ändern. Jetzt erlauben Sie mir aber, für Sie zu bestellen."

Nach einer raschen Rückfrage bestellte sie zweimal Caesar-Salat mit gegrillter Hühnerbrust. Dann sagte sie zu Carol: „Heute war ein sehr schwieriger Tag."

„Ich habe mir gelegentlich auf dem Bildschirm in Ihrem Büro das Golfspiel angesehen. Es schien gut zu laufen."

Gussies gute Laune versiegte abrupt. „So gut man es ohne Fiona Hawk erwarten kann", sagte sie mit düsterem Gesicht. „Wer sich nicht wirklich für Golf interessiert, kann sich nicht vorstellen, was für eine Attraktion sie war. Eine echte Persönlichkeit. Die Sponsoren haben sie geliebt, sie spielte sehr geschickt und mit echter Begeisterung, deshalb liebten die Medien sie und natürlich die Fans."

„Ist es nicht eine Ironie", bemerkte Carol, „daß offensichtlich alle, die sie kannten, sie nicht geliebt haben."

Da lächelte Gussie widerstrebend und erklärte: „Dazu könnte Liam vielleicht etwas sagen. Er und Fiona waren eine Zeitlang ein Paar."

Carol ging im Geist die Liste derer durch, die Fiona Hawk nahegestanden hatten, und sagte: „Ihren Caddie meinen Sie?"

„Sie überraschen mich mit Ihrer Detailkenntnis", erwiderte Gussie mit hochgezogener Augenbraue. „Ja, ich meine Liam Ivanovich. Was für ein Name für einen Iren, finden Sie nicht? Seine Mutter verliebte sich in einen Russen, heiratete ihn und schleppte ihn nach Dublin."

„Ich hatte den Eindruck, daß Ivanovich als ihr Caddie ersetzt worden war und nach Irland zurückgekehrt ist." Carols Ton klang neutral, doch sie war irritiert, daß Anne versäumt hatte, diese Information zu überprüfen.

„Es war eine Trennung in aller Freundschaft – was für Fiona bemerkenswert ist“, erklärte Gussie mit sarkastischem Lächeln. „Liams verwitwete Mutter ist plötzlich gestorben, und er wollte zurück, um sich um das Familienunternehmen zu kümmern – irgendwas mit Tourismus, glaube ich.“

„Nicht sehr angenehm, den Caddie direkt vor einem großen Turnier zu verlieren, nicht wahr?“

„Soweit hab’ ich noch gar nicht gedacht, aber Sie haben recht. Liam wäre nur schwer zu ersetzen. Ich weiß, daß Fiona sich auf seinen Rat verließ, er ist einer der besten, was das Lesen des Platzes angeht, insofern bin ich überrascht, daß sie ihn ohne großen Wirbel ziehen ließ.“

„Wer hat ihn am ersten Spieltag ersetzt?“

„Ich weiß nicht genau. Davy wird es wissen.“

Alles Ungewöhnliche war es wert, daß man ihm sofort nachging. „Haben Sie eine Adresse oder Telefonnummer von Ivanovich in Irland?“ fragte Carol.

„Er hat Australien gar nicht verlassen, obwohl er gestern fliegen wollte, ich war sehr überrascht, als ich ihn heute bei Spielbeginn als Kashas Caddie gesehen habe.“

Carol stand auf. „Ich möchte ihn sprechen, sobald er ins Clubhaus kommt.“

„Immer mit der Ruhe. Liam ist kein Mörder.“

Carols Blick glitt zu einem zierlichen antiken Tischchen mit zwei modernen Sprechanlagen, die auf dem polierten Holz sehr deplaziert wirkten. „Ich nehme an, ich kann von hier aus Ihr Büro erreichen?“

„Drücken Sie nur die oberste Taste“, sagte Gussie. „Als Chefin genieße ich natürliche solche Vorrechte.“

Nachdem Carol Anne auf Liam Ivanovichs Fährte gesetzt hatte, kehrte sie an den Tisch zurück, wo Gussie vor sich hin brütete. „Wenn Fiona nicht spielt, werden die Einschaltquoten nicht mehr so gut sein“, klagte sie, „und mit den Quoten leben und sterben wir.“

„Sehen Sie sich an, was für einen Medienrummel Sie heute hatten."

„Es stimmt", gab Gussie zu, „daß die tote Fiona dem Whitlew Challenge mehr Publicity eingebracht hat, als wir uns je erhoffen konnten, aber das ist keine *gute* Publicity."

„Haben Sie nicht heute morgen gesagt, Ihr Credo laute, jede Publicity sei gute Publicity?"

Gussie hatte den Anstand, betreten zu gucken. „Habe ich das gesagt? Wie taktlos!"

Sie blickte Carol mit gespieltem Erschrecken an. „Aber, aber, Kommissarin! Sie denken doch nicht, daß ich Fiona umgebracht habe, um dem Turnier internationale Aufmerksamkeit zu verschaffen, nicht wahr?"

„Wäre Ihnen das zuzutrauen?"

„Oh", sagte Gussie, „mir ist alles zuzutrauen."

8

Die Polizeitaucher informierten Carol, nachdem sie die Gewässer auf dem Gelände abgesucht hatten, daß sie außer Golfbällen, zwei Golfhandschuhen und drei Schlägern, einer davon mitten durchgebrochen, nichts Interessantes gefunden hatten. Zur Vorsicht wurden die Schläger ins Labor geschickt, aber wahrscheinlich waren sie nur von frustrierten Spielern ins Wasser geworfen worden. „Ich hab' schon mal eine ganze Tasche mit Golfschlägern im Wasser gefunden", verriet der eine Taucher grinsend. „Wenn jemand soviel Geld wegschmeißt, muß er richtig sauer gewesen sein."

Danach berichtete Terry Roham begeistert in allen Einzelheiten, was für ein harter Aufstieg es vom Strand die Klippen hinauf zum vierten Loch gewesen war. „Hätte ich nicht einen Typ von hier auf den Felsen beim Fischen getroffen, der mir den Weg gezeigt hat, hätte ich nicht gedacht, daß man hochklettern kann."

„Also würden Sie sagen, daß eine einigermaßen fitte Person die Klippen hinaufklettern und auf den Golfplatz gelangen könnte?"

„Wenn jemand den Aufstieg kennt und schwindelfrei ist."

„Und von oben nach unten?"

Selbstzufrieden erklärte Terry: „Ja, daran hab' ich auch gedacht, deshalb bin ich, als ich oben war, umgekehrt und hab's versucht. Es ist kraß – die Felsen sind ziemlich verwittert, und man könnte da ordentlich abstürzen –, aber es ist möglich."

„Und nachts, bei Vollmond?"

Terry schüttelte zweifelnd den Kopf. „Das würde ich nicht riskieren, weder rauf noch runter, vor allem nicht runter." Unter dann fügte er fröhlich hinzu: „Vielleicht hat's ja doch wer versucht, ist abgestürzt und von der Flut weggespült worden."

„Interessanter Gedanke", antwortete Carol, über seinen triumphierenden Blick amüsiert. „Überprüfen Sie, ob gestern nacht irgendwelche Leichen hier angeschwemmt worden sind."

Anne führte Liam Ivanovich herein, den sie abgefangen hatte, als er mit Kasha Londons Golftasche vom Platz kam.

„Schauen Sie, Kommissarin", sagte er bei seinem Eintritt. „Ich muß zurück und Kashas Sachen reinigen und überprüfen, bevor ich gehe. Und ich bin verabredet. Dauert die Sache hier lange?"

Während ihm Carol versicherte, daß sie sich so kurz fassen würde wie möglich, musterte sie den Mann. Er trug eine dunkelblaue Hose und darüber ein Shirt mit dem Aufdruck LONDON auf der Brust. Auch wenn er in Größe und Körperbau nur Durchschnitt war, sah er doch verblüffend gut aus mit seinem sehr schwarzen Haar und den sehr blauen Augen und der sehr weißen Haut. Sie fragte sich, ob solche Absolutismen auch in seiner Natur lagen.

Gussie hatte gesagt, daß Ivanovich und Fiona eine Zeitlang ein Paar gwesen waren, aber Carol konnte weder Trauer noch Verstörtheit in seinem Gesicht entdecken, nur daß er sich auf eine harte Geduldsprobe gestellt fühlte.

Da sie versprochen hatte, sich kurz zu fassen, kam Carol direkt auf den Punkt. „Fiona Hawk glaubte, Sie hätten Australien gestern verlassen, weil Ihre Mutter plötzlich verstorben ist. Deshalb ist sie mit einem Ersatzcaddie ins gestrige Spiel gegangen. War ihr klar, daß Sie das Land gar nicht verlassen hatten, Mr. Ivanovich?“

„Nein.“ Er sah zu Anne Newsome hinüber, die ihr Notizbuch aufgeschlagen hatte. „Wird von mir erwartet, eine Aussage zu Protokoll zu geben?“

„Im Augenblick nicht, es sei denn, Sie möchten es.“

„Keineswegs.“ Er hatte einen leichten irischen Akzent, der seiner Sprechweise einen fröhlichen Klang gab. „Sagen Sie, was Sie wissen wollen. Ich habe nichts zu verbergen.“

Carols Erfahrung nach hatten die, die das behaupteten, fast immer etwas zu verbergen. Sie fragte: „Aus welchem Grund haben Sie so plötzlich Ihre Pläne geändert?“

Er verzog den Mund. „Ich beschloß, nicht zu fahren. Hab' mit meinen Brüdern und Schwestern telefoniert, mit allen sechs, und sie sagten, sie hätten alles unter Kontrolle, deshalb war es unnötig.“

Falls Ivanovich um seine Mutter trauerte, verbarg er das gut, dachte Carol und fragte: „Wann war das?“

„Vorgestern. Ich hatte Fiona bereits gesagt, daß ich zurückgehe, deshalb ließ ich sie in dem Glauben, daß ich fort wäre. Ich zog mit meinen Sachen in ein anderes Hotel, um ihr nicht zu begegnen. So war es einfacher.“

„Inwiefern einfacher?“

Liam Ivanovich starrte sie schweigend an. Carol bemerkte, daß der Anflug eines Bartes seiner Haut einen bläulichen Schimmer gab. Schließlich sagte er: „Eben einfacher.“

„Haben Sie sich um einen Ersatzcaddie gekümmert?“

„Brauchte ich nicht. Fiona sagte, sie mache es selbst.“

Carol stellte noch weitere Fragen über seine Gründe zu bleiben und warum er nicht am ersten Spieltag als Fionas Caddie fungiert hatte, wenn er doch hiergeblieben war, aber seine knappen Antworten brachten sie nicht weiter.

„Sie waren heute der Caddie von Kasha London. Wieso?“

Ivanovich spreizte seine Hände. „Wieso nicht? Sie hatte einen Typen von hier, und ich sagte, ich würde einspringen, wenn sie wollte. Sie ist eine Freundin, somit war's ein Gefallen, sonst nichts.“

„Aber haben Sie nicht erwartet, Fiona Hawk über den Weg zu laufen?“ fragte Carol. „Sie haben gesagt, es wäre einfacher gewesen, sie zu meiden. Aber wie hätten Sie das können, wenn Sie hier im Club sind?“

„Ich hatte gehört, daß Fiona ausgeschieden ist“, sagte er.

„Wann haben Sie das gehört?“

„Wollen Sie damit sagen, ich hätte gewußt, daß Fiona tot war?“ fuhr er Carol an. „Da irren Sie sich. Fragen Sie Kasha. Sie hat mich angerufen, heute morgen, kurz vor ihrem Start. Ich mußte mich sehr beeilen, um rechtzeitig hier zu sein.“

Carol beschloß, zunächst Kasha London zu dem interessanten Punkt zu befragen, wie und wann Ivanovich erfahren hatte, daß es sicher war, zum Golfplatz zu kommen, weil Fiona ihn nicht zu Gesicht bekäme. Sie wechselte das Thema. „Sie und Fiona standen sich nahe, stimmt das?“

„Wie meinen Sie das?“

„Sie hatten eine private Beziehung.“

Auf einmal grinste er und bleckte seine großen weißen Zähne. Durch sein Lächeln wirkte er paradoxerweise noch sehr viel beeindruckender. „Fragen Sie etwa, ob wir miteinander gegangen sind, Kommissarin?"

„Sind Sie's?"

„Ich hatte Sex mit Fiona – regelmäßig. Keine Bindung."

„Keine Bindung auf beiden Seiten?"

„Falls Sie fragen, ob sich einer von uns viel draus gemacht hat, ist die Antwort nein. Ich mochte sie ganz gern und sie mich auch."

„Ich habe gehört, daß Fiona in dem Ruf stand, nicht gerade umgänglich gewesen zu sein."

„Im Bett schon", sagte er lachend. „Da war sie gut drauf. Sie war eine echte Sportlerin."

„Wissen Sie etwas über diesen Typ, der sie verfolgt hat?"

„Der in England?" Er legte den Kopf schief. „Er nannte sich Byron. War eher eine Pest als sonstwas, und Fiona hat überreagiert – typisch für sie. Er hat ihr geschrieben, ihre E-mail-Adresse rausgekriegt – solches Zeug. Sie hat nie persönlich mit ihm zu tun gehabt."

„Sie hatte immerhin Angst genug, um sich an die Polizei zu wenden."

„Ich sagte doch schon, daß Fiona überreagiert hat." Seine Gereiztheit war offensichtlich. „Es ist ja nicht so, als wäre sie solche Aufmerksamkeit nicht gewohnt gewesen."

Auf Carols fragenden Blick brauste er ungeduldig auf: „Ihre Fans. Solche, die ein Autogramm wollten, waren okay, aber jede, die so gut aussieht wie Fiona, hat's mit Verrückten zu tun, die glauben, sie wird sich in sie verlieben."

„Denken Sie an jemanden speziell?"

Er schüttelte den Kopf. „Ich schlage mich nicht damit rum. Wenn man diesen Losern Aufmerksamkeit zollt, bestärkt man sie doch bloß, nicht wahr?"

Sie fragte noch zehn Minuten, ohne viel mehr aus ihm herauszubekommen, als daß er das Opfer zuletzt am Mittwoch gesehen hatte – am Tag bevor sie starb. Carol dankte ihm für seine Zeit und dachte dabei, daß an der plötzlichen Trennung von Fiona und ihm mehr gewesen sein mußte, als er zugeben wollte.

Sie strich Ivanovich von ihrer Liste der zu Befragenden und überflog die anderen Namen. Der zuletzt hinzugefügte Davy Vere zog ihre Aufmerksamkeit auf sich. Carol wurde bewußt, daß sie eisige Wut verspürte über die Art, wie er Ruth Gallant behandelt hatte. Sie rief sich ins Gedächtnis, daß jede Geschichte zwei Seiten hat. In grimmiger Erwartung der Befragung bat sie Anne: „Suchen Sie mir Davy Vere, Anne. Ich möchte vor der Pressekonferenz mit ihm sprechen."

Während sie wartete, rief sie Vernon Coop auf dem Polizeirevier an, aber der war bereits heimgefahren, hatte ihr allerdings eine Nachricht hinterlassen, daß er die beiden Jungs, die Goss auf dem Golfplatz gesehen zu haben behauptete, leider noch nicht aufgetrieben hatte.

Anne kehrte mit der Information zurück, daß Davy Vere nicht erreichbar war. „Er ist auf dem Weg nach Melbourne", erklärte sie. „In dringender geschäftlicher Angelegenheit. Gussie sagte mir, daß sie ihn losgeschickt hat."

Carol wurde bewußt, wie leicht es war, bei Gussie Whitlew auf diese vertraute Vornamensebene einzuschwenken. „Wissen Sie, um was für Geschäfte es geht?" fragte sie.

„Es hat etwas mit Sponsoren zu tun, sagte sie. Nichts Besonderes. Und er sei morgen früh zurück."

Nach einem Blick auf ihre Uhr sah Carol, daß ihr ohnehin für eine längere Befragung nicht die Zeit geblieben wäre. Mit Rücksicht auf die Berichterstattung in den Abendnachrichten im Fernsehen war die Pressekonferenz für fünf Uhr nachmittags in einem der exzellent ausgestatteten Konferenzräume des Clubhauses angesetzt.

Carol fiel Hughie Havers Bericht ein, den sie in ihre Jackentasche gesteckt und vergessen hatte. Sie zog ihn hervor und faltete die drei Seiten auseinander. Er hatte ihre

Anweisung wörtlich genommen und die Patrouillen um den Golfplatz bis ins kleinste Detail beschrieben. Sie würde es später lesen, zu Hause.

Sie räumte ihre Notizen zusammen und legte sie mit Havers Bericht in ihren Aktenkoffer, verschloß ihn und verstaute ihn außer Sichtweite unter dem Schreibtisch, ehe sie mit Anne zum Konferenzraum ging.

Die lautstarke Unterhaltung verebbte, als Carol hinter dem langen Eichentisch auf dem Podium an der Stirnseite des Raums Platz nahm. Sofort war sie in Scheinwerferlicht getaucht.

Carol blinzelte auf den Wald von Mikrofonen vor sich, dahinter kannte sie viele, darunter Hilary O'Dell. Carol raunte Anne zu: „Bitte, sagen Sie Hilary O'Dell, daß ich sie sprechen möchte, wenn das hier beendet ist. Und dann gehen Sie nach Hause, Anne. Morgen wird ein langer Tag."

Das Gemurmel war wieder angeschwollen, eine Stimme rief: „Wir haben gleich Redaktionsschluß, Kommissarin."

„Vielleicht können wir jetzt beginnen", übertönte Carol den Krach. Stille trat ein, die Gesichter wandten sich ihr zu. Die vielen Carol unbekannten Gesichter waren mit Sicherheit Sportreporter, die für gewöhnlich nicht an einer Pressekonferenz anläßlich eines Mordfalles teilnahmen. Ihr war klar, daß in den nächsten vierundzwanzig Stunden die britischen Journalistinnen und Reporter anrücken würden. Die Pressestelle der Kripo von Sydney wurde bereits mit Anrufen bombardiert – vor allem von der Londoner Presse.

Nach einer kurzen Erklärung, daß die Tote als Fiona Hawk identifiziert worden war, und bewußt vage gehaltenen Details über den Fundort der Toten und woran sie gestorben war, beantwortete Carol Fragen.

„Also handelt es sich um Mord, Kommissarin?"

„Die Obduktion hat zwar noch nicht stattgefunden, aber ich kann bestätigen, daß wir diesen Verdacht haben."

Jetzt brüllten alle gleichzeitig: „Wie ist sie gestorben?" „Eine sexuelle Attacke?" „Gibt es bereits Verdächtige?"

Ein Reporter, der offensichtlich mit dem Polizeirevier in der Nachbarschaft in Kontakt stand, rief: „Ein Obdachloser wurde verhaftet, stimmt's?"

„Niemand wurde verhaftet. Eine hier lebende Person hat uns bei unseren Ermittlungen geholfen."

Hat uns bei unseren Ermittlungen geholfen, war eine verbindliche, aber bedeutungslose Phrase, die Carol automatisch über die Lippen kam, während sie an Vernon Coops Protest dachte, als Carol ihn anwies, Vinny Goss gehen zu lassen, sobald er das Aussageprotokoll unterschrieben hatte.

Ehe sie das Polizeirevier verließ, hatte sie Vinny unter vier Augen gesagt: „Sie dürfen diese Gegend nicht verlassen, verstehen Sie das?" Er hatte genickt, und so fuhr sie fort: „Wir werden Sie brauchen, um die beiden Jungen zu identifizieren, wenn wir sie finden."

„Ja gut, aber jeder im Lager könnte Ihnen sagen, ob sie es sind. Die kleinen Scheißer haben uns oft genug schikaniert."

„Ich brauche Sie, Mr. Goss, weil Sie gestern nacht die Jungen gesehen haben. Das ist ganz wichtig."

Er hatte geseufzt. „Okay, aber ich bin da eingedrungen, und Inspektor Coop sagt, damit nagelt er mich fest."

„Keine Sorge, ich regle das. Haben Sie die Absicht, ins Lager zurückzukehren?"

Seine Augen blitzten spöttisch: „Wohin soll ich denn sonst, Kommissarin? Das ist mein Zuhause."

Eine Reporterin in der ersten Reihe unterbrach ihre Gedanken. „Fiona Hawk hatte Probleme mit einem Fan – er hat sie verfolgt. Sind Sie dem nachgegangen, Kommissarin?"

Ihre Stimme klang wie eine Kreissäge, was gar nicht zu ihrem knabenhaften Gesicht und der zierlichen Gestalt paßte. Grinsend fügte sie hinzu: „Ich bin Sportreporterin,

Kommissarin, deshalb kennen Sie mich nicht. Ich heiße Mandi Fiedler." Sie drehte sich zu der Pressemeute um. „Mandi Fiedler, auch bekannt als das Maul von Melbourne. Nicht wahr?"

Alle lachten, und jemand rief: „Bevor man Sie begräbt, Fiedler, muß man Ihnen eigens das Maul stopfen."

„Ach, wie charmant!" Mandi drehte sich zu Carol um. „Nun, Kommissarin, was sagen Sie?"

„Ich weiß, daß es ein Klischee ist", erklärte Carol, „aber ich muß es wohl sagen – wir verfolgen jede mögliche Spur."

„Ach, kommen Sie schon", rief jemand von hinten. „Ein bißchen mehr werden Sie uns doch wohl zu bieten haben."

„Allerdings." Die Leute horchten auf. „Ein Zeuge hat ausgesagt, daß zwei Jugendliche, vermutlich Jungen aus dieser Gegend, gestern abend auf dem Golfplatz waren und womöglich etwas Wesentliches gesehen und gehört haben. Der ältere Junge heißt Justin und ist etwa fünfzehn. Der jüngere, Ken, ist etwa vierzehn. Ich muß betonen, daß wir nur die Namen wissen, nicht das genaue Alter. Sollte jemand in der Lage sein, uns Informationen über die beiden zu liefern – die vollen Namen, Adresse etc. – oder dazu beizutragen, daß sie sich melden, wären wir sehr dankbar."

Carol nannte die entsprechenden Telefonnummern und fügte hinzu, daß man sich auch an jedes Polizeirevier wenden könne. Dann erwartete sie die unvermeidlich folgenden Fragen.

„Sind die Jungs Zeugen des Mordes?"

„Sind sie des Mordes verdächtig?"

„Sie stehen nicht unter Mordverdacht", antwortete Carol. Sie gab eine kurze Beschreibung der beiden. Noch hatte sie von der Anfertigung eines Phantombildes Abstand genommen. Sie rechnete damit, daß die Jungen, sofern sie in diesem Bezirk lebten, rasch identifiziert werden würden. Sie endete mit der Bitte um Zusammenarbeit mit der Kripo, wohl wissend, daß dieser Aufruf in den Medien, außer ein paar ernstgemeinten Anrufen immer auch einen Prozentsatz an Spinnern animierte, anzurufen, sobald sie die Meldung in den Nachrichten sahen.

Der überfüllte Raum leerte sich rasch. Hilary O'Dell wartete mit wachsamem Gesichtsausdruck. Als niemand mehr in ihrer Nähe war, sagte Carol zu ihr: „Sie müssen mir einen Gefallen tun. Ich nehme an, daß Sie gestern abend auf dem Empfang Fotos gemacht haben, ich möchte mir die Kontaktabzüge ansehen."

„Das ist eine plausible Bitte. Sie sind in meinem Labor. Ich kann sie morgen mitbringen, wenn Sie im Club sind."

„Ich werde morgen früh hier sein."

Als die Fotografin nickte, sagte Carol warmherzig: „Ich danke Ihnen für die Zusammenarbeit." Natürlich wußte sie, daß Hilary klar war, daß die Kripo die Abzüge als Beweisstücke einfach beschlagnahmen konnte. „Ich möchte sie mit Ihnen zusammen durchsehen und sie mir von Ihnen identifizieren lassen."

„Bestimmt wird Fiona auf vielen Fotos sein." Hilary lachte trocken. „Sie hat sich nie geziert, sich ins Bild zu setzen."

„Wäre es möglich, einen Zeitrahmen festzulegen?"

„Ich habe die Rollen der Reihe nach numeriert, wenn das weiterhilft."

„Durchaus." Carol lächelte. „Nochmals vielen Dank und verzeihen Sie meine Schroffheit heute morgen."

Carol wandte sich zum Gehen, da sagte Hilary O'Dell: „Kommissarin, da ist noch etwas. Ich möchte mich auch entschuldigen."

„Wofür?"

„Die Fotos, die ich von Ihnen geschossen habe, als Sie aus dem Flugzeug von Amerika kamen. Ich wollte sagen, ich bedaure das und entschuldige mich."

Carol traute ihr nicht, schließlich verdiente Hilary ihren

Lebensunterhalt damit, Prominente zu überrumpeln. „Warum entschuldigen Sie sich gerade jetzt?“ fragte Carol.

Hilary machte eine vage Handbewegung. „Vielleicht weil sich gerade die Gelegenheit bietet und weil es mir leid tut, eine Situation ausgenutzt zu haben.“

Wieder verspürte Carol einen Anflug von Zorn, wie vor einigen Monaten, als sie morgens die Zeitung aufschlug und plötzlich ihr Bild anstarrte. „Schnee von gestern. Vergessen Sie's“, sagte sie. *Sie* allerdings vergaß es nicht. Von einer Paparazza gestellt zu werden, die die unvorteilhaften Schnappschüsse an die Zeitung verhökerte, war mehr als unerfreulich gewesen. Nicht nur weil sie schrecklich ausgesehen hatte – vor Erschöpfung und mit der noch nicht verheilten Verletzung und den noch sichtbaren Brandwunden im Gesicht –, sondern weil der Polizeichef persönlich aufgebracht zu wissen verlangte, warum sie diese Publicity nicht verhindert hatte. Unterschwellig hörte sie die Andeutung heraus, daß sie vielleicht selbst das Zusammentreffen mit der Fotografin arrangiert haben könnte.

Das ganze Thema Publicity war für Carol in den vergangenen Monaten ein wunder Punkt in bezug auf ihre Vorgesetzten geworden, vor allem weil sie Carol diesen FBI-Kurs in den USA bewilligt hatten, damit sich der Medienrummel infolge eines unseligen Falls kurz zuvor endlich legte. Obwohl es schwerlich ihre Schuld war, daß sie in den Staaten in einen Mordfall verwickelt wurde – nicht als Kommissarin, sondern als Verdächtige –, geriet sie dadurch voraussehbarerweise erneut in die Schlagzeilen.

„Ach, hier sind Sie, Kommissarin!“ Gussie schwebte mit einem Champagnerglas in der Hand herein. Sie sah noch immer aus wie aus dem Ei gepellt, obwohl sie einen langen harten Tag hinter sich haben mußte, dachte Carol. „Entschuldigen Sie uns, Hilary, ja? Ich möchte Ihnen jemand vorstellen.“

Sie ergriff Carols Arm und bugsierte sie aus dem Konferenzraum und durch den Flur. „Ich habe ein herrliches Buffet bereitgestellt für alle, die einen Ohnmachtshappen brauchen. Ich bin sicher, Sie werden dort etwas finden, das Ihrem Geschmack entspricht."

„Und wen wollen Sie mir vorstellen?"

Gussie gluckste. „Das war doch nur ein Trick. Ihrem Gesicht nach haben Sie die Unterhaltung mit Hilary nicht gerade genossen, deshalb bin ich Ihnen zu Hilfe geeilt."

„Ich versichere Ihnen, daß mir niemand zu Hilfe eilen muß."

Das Buffet war von Presseleuten belagert, darunter Mandi Fiedler, die Carol leutselig zuwinkte.

„Wie gefällt Ihnen die Ausstattung?" fragte Gussie.

Es war ein verwirrender Raum mit Wänden in eigenwilligen Winkeln und beherrscht von einem riesigen roten Mosaik, das sich zum Teil von der Decke eine Wand herunter ergoß – wie eine mächtige aufgeplatzte Tomate.

„Sehr beeindruckend", antwortete Carol diplomatisch.

Gussie lachte. „Sie finden es scheußlich, ich seh's Ihnen an." Sie deutete auf die in Chrom und Emaille gehaltene Bar. „Jetzt sind Sie ja nicht mehr im Dienst. Wie wär's mit etwas Champagner, französischem natürlich."

Eigentlich bevorzugte Carol Scotch, aber ein guter Champagner war durchaus verlockend. „Ich denke, ich passe, wenn auch widerstrebend."

Gussie nippte ihren Champagner. „Ich glaube, Sie haben gesagt, daß Sie noch nicht oft Golf gespielt haben."

„Ich habe mich ein paarmal über den Platz gehackt, als ich noch sehr viel jünger war, aber Spielen würde ich das nicht nennen. In letzter Zeit hat mich mein Sohn David ein paarmal überredet, eine Runde mit ihm zu machen, aber er ist soviel besser als ich, daß ich fürchte, ich war eher eine Lachnummer als eine ernstzunehmende Gegnerin."

„Sie haben einen Sohn?“

Dies war kein Thema, das Carol zu vertiefen gedachte, und so antwortete sie kurzangebunden: „Er ist ein Teenager. Lebt bei seinem Vater.“

„Wir müssen etwas tun, um Ihr Spiel zu verbessern, Kommissarin, und sei es auch nur, um Ihrem Sohn zu imponieren. Mein Trainer hier im Club ist ausgezeichnet. Ich werde ein paar Stunden für Sie arrangieren.“

„Ich fürchte, dazu habe ich keine Zeit.“

„Keine Zeit für Golf? Ebensogut könnten Sie sagen, Sie haben keine Zeit zum Atmen.“

Das Klingeln ihres Mobiltelefons ersparte Carol die Antwort. „Entschuldigen Sie mich.“ Es war Tante Sarah.

„Darling, ich weiß, daß du es haßt, bei der Arbeit gestört zu werden, aber ich muß unbedingt mit dir sprechen.“

„Eigentlich wollte ich gerade nach Hause fahren.“

„Gut“, antwortete Tante Sarah, „in einer Stunde bin ich da und bringe Pizza mit. Okay?“

„Sie gehen schon?“ Gussie wirkte enttäuscht. Dann faßte sie sich. „Vorher habe ich noch eine Bitte. Wie Sie wissen, hasse ich Förmlichkeiten, deshalb habe ich gehofft...“

„Ja?“

„Ich habe das Gefühl, daß wir uns sehr gut verstehen, und deshalb wollte ich fragen...“ Sie zögerte einen Moment, ehe sie fortfuhr: „Ob ich Sie Carol nennen darf.“ Fragend zog sie die Brauen hoch, offenbar ziemlich sicher, daß Carol einverstanden wäre.

„Das wäre nicht ratsam“, entgegnete Carol liebenswürdig. „Ich ermittle wegen Mordverdacht. Da ist es notwendig, zu allen, die mit dem Opfer zu tun hatten, eine förmliche Beziehung aufrechtzuerhalten.“

Über die Weigerung sichtlich überrascht starrte Gussie sie an. Dann trat ein dünnes Lächeln auf ihr Gesicht. „Ja, natürlich. Ich weiß, was Sie denken. Sie müssen im Kopf behalten, daß die entfernte Möglichkeit besteht, mich verhaften zu müssen." Sie tätschelte Carols Arm. „Später, wenn dies alles vorbei ist, können wir bestimmt Freundinnen werden."

9

„Darling, ich dachte, ich bringe die Pizza als Friedensangebot und erkläre dir, was morgen passieren wird. Ich möchte dich nicht in Verlegenheit bringen."

Sie saßen mit einem Drink auf der großen Dachterrasse. Der schwarzweiße Sinker hockte auf der Mauer und putzte sich den Bart – Tante Sarah hatte ihm frischen Fisch mitgebracht, nach dieser Delikatesse wusch er sich mit peinlicher Sorgfalt. Hin und wider strich durch die Eukalyptuszweige eine Brise vom Wasser des sich weit unten erstreckenden Middle Harbour herauf. Ein seltener schwarzer Kakadu, einer von zweien, die Carol vor kurzem gesichtet hatte, flog über sie hinweg und verabschiedete sich mit schrillem Kreischen von diesem Tag.

Tante Sarahs Anblick entlockte Carol ein liebevolles Lächeln. Ihre Tante war ihre einzige haltgebende Konstante aus Kindertagen – warmherzig, immer für sie da und herrlich exzentrisch. Sie war klein, mollig und voll ansteckender Energie. Ihre gebräunte Lederhaut zeugte von lebenslangen Aktivitäten an frischer Luft, und das von Sonne und Zeit weiß gebleichte Haar ähnelte einem Heiligenschein um ihren Kopf.

Lachend fragte Carol: „Beichte, was hast du bei der Demo vor dem Country Club geplant? Öffentliche Nacktheit ist hoffentlich nicht vorgesehen, oder?"

Tante Sarah waren Protestveranstaltungen keineswegs fremd – in all den Jahren hatte sie gegen den Vietnamkrieg, die französischen Atombombenversuche im Pazifik, die schrecklichen Tierversuche protestiert und war für die Rechte der Aborigines auf die Straße gegangen. Seit einiger Zeit hatte sie sich dem Kampf für die Umwelt verschrieben und kümmerte sich vor allem um ökologische Belange in den Blue Mountains, wo sie lebte. Sie war das führende Licht in etlichen Gruppen und widmete sich dem Schutz und Bewahren der landschaftlichen Schönheit vor Zersiedelung und Zerstörung.

Jetzt legte Tante Sarah den Kopf schief und musterte ihre Nichte. „Weißt du, Carol, seit deiner Rückkehr bist du anders, etwas lockerer, und auf jedenfall zeigst du etwas mehr Sinn für Humor."

„Ich freue mich, wenn du zufrieden bist." Carol trank einen Schluck Scotch, dann schwenkte sie sachte ihr Glas, daß die Eiswürfel klimperten. „Es ist eben so, daß ich in den Staaten jemand kennengelernt habe. Sie hat demnächst in Australien zu tun."

Tante Sarah rückte nach vorn auf die Stuhlkante. „Ja?"

„Sie ist beim FBI – Leota Woolfe."

„Aha!" Tante Sarah nickte. „Ich verstehe."

„Ich bin sicher, daß ich sie schon erwähnt habe."

Ihre Tante grinste. „Das hast du, allerdings nicht im Detail. Würde es dir was ausmachen, mich ins Bild zu setzen?"

„Allerdings, aber ich verspreche dir, daß du sie kennenlernen wirst, wenn das möglich ist, schließlich ist sie nur ein paar Tage in Sydney. Die meiste Zeit wird sie in Canberra mit der Staatspolizei zu tun haben." Carol blickte auf ihre Uhr. „Sie ist bereits unterwegs."

Tante Sarah erkundigte sich interessiert: „Wirst du sie vom Flughafen abholen?"

„Ich kann nicht – auch wenn sie wollte, was nicht der

Fall ist. Ihr Flugzeug landet morgen früh um sechs, und ich habe um sieben einen Termin im Leichenschauhaus."

„Ist es dir ernst mit dieser Frau?"

„Es ist eine Freundschaft."

Ihre Tante runzelte die Stirn. „Ich kann in einer Fernbeziehung keine große Zukunft entdecken."

„Vielen Dank für deinen Zuspruch", entgegnete Carol trocken. Um weiteren Fragen zu entgehen, wechselte sie das Thema. „Kehren wir zu deinen Schandtaten zurück. Was ist es, das für mich so peinlich ist?"

„Kriminalkommissarin Carol Ashton sollte nicht mit einer Krawallmacherin in Verbindung gebracht werden", sagte Tante Sarah, über ihre Selbstdefinition sichtlich zufrieden. „Deshalb wohne ich bei Sybil."

Sybils Name stand zwischen ihnen. Carol wollte etwas sagen, wußte aber nicht, was. Tante Sarah schaffte das Problem aus dem Weg. „Ich weiß, waß du sagen willst – du und Sybil, ihr seid Freundinnen. Habe ich dir die Worte aus dem Mund genommen?"

„Könnten wir das Thema lassen?"

„Das ist die markige Carol, wie ich sie kenne", konterte ihre Tante mißbilligend. „Und ja, wir können – reden wir über Golfplätze und warum sie die Ökologie zerstören."

„Ich ahne, daß eine Belehrung kommt."

„Weißt du eigentlich, wie schädlich sich diese Golfplätze auf deine Lebensqualität auswirken? Nicht nur, daß wertvolle Landschaft Parks und Spielplätze für die Allgemeinheit statt für ein paar Auserwählte sein könnte, obendrein vergiften sie die Umwelt. Die Golfplätze erscheinen dir vielleicht als wunderbar grünes Gelände, in Wahrheit aber sind sie Killerflächen!"

Vor den Details resignierend antwortete Carol: „Ach ja?"

„Ich kenne diesen Ton, Carol. Du hörst mir nicht wirklich zu, aber das solltest du! Kunstdünger, Insektizide, Pestizide,

Unkrautvertilger und was sonst noch! Die Menge an Chemikalien, mit denen ein Golfplatz getränkt wird, damit er so schön grün bleibt, damit Insekten und Unkraut ausgerottet werden – alles Natürliche, das dort hingehört –, ist überwältigend. Und das, was von dort heruntersickert!“ Tante Sarah gestikulierte energisch. „Beim Whitlew Country Club verseucht das Abwasser nicht nur das Land, es geht auch ins Meer. Weiß Gott, was das den Meerestieren antut!“

„Vermutlich habt ihr Studien –“

„Natürlich haben wir Studien! Das muß an die Öffentlichkeit gebracht werden. Und eine Demo bei einem internationalen Golfturnier ist dafür absolut ideal.“

Etwas verhaltener fügte Tante Sarah hinzu: „Und wir können mit internationaler Aufmerksamkeit rechnen. Das Wichtigste. Hast du eine Ahnung, wie viele Golfplätze es allein in Großbritannien und den Vereinigten Staaten gibt?“

„Wie viele?“ fragte Carol.

Tante Sarah sah sie einen Moment perplex an. „Wie viele? Ganz genau weiß ich das nicht, aber es sind sehr viele.“

„Gussie Whitlew hat gesagt, ihr nennt euch Ökohexen.“

Tante Sarahs grüne Augen, die Carols so glichen, funkelten gefährlich. „Was stört dich daran, das Öko oder die Hexen? Du willst doch wohl nicht die Alten diskriminieren, oder? Ich bin sicher, daß diese Whitlew kein Blatt vor den Mund nimmt in bezug auf ältere Frauen, die Ärger machen.“

Carol dachte an Gussies Worte über die Demonstrantinnen und mußte unwillkürlich grinsen. „Ja, sie ließ ein paar ziemlich rüde Bemerkungen fallen. Fairerweise sollte ich sagen, daß sie euch für eine Horde saturierter grauhaariger wildgewordener Weiber hält.“

„Genau das sind wir. Vierzig Frauen in gesetztem Alter, deren Mission ist, diesen Planeten für zukünftige Generationen zu retten. Wir werden eine Macht sein, mit der morgen zu rechnen ist.“

Schlimmes ahnend, da sie wußte, wie unberechenbar ihre Tante sein konnte, wenn sie sich für eine Sache, die es wert war, entflammte, fragte Carol: „Also, was habt ihr vor?“

„Wir werden demonstrieren. Plakate schwenken. Singen. Ach, und wir machen ein kleines Straßentheater – so was erregt immer Aufmerksamkeit bei den Medien.“ Tante Sarah blitzte sie an. „Du solltest mich unbedingt als pestizidverseuchten Schmetterling erleben.“

Carol konte sich bei dieser Vorstellung ein Grinsen nicht verkneifen. Tante Sarah fand das nicht lustig. „Lach, soviel du willst, meine Liebe, aber es ist unsere Umwelt, die unwiderruflich vergiftet wird.“

Noch immer grinsend antwortete Carol: „Ich sehe, daß ich die Aufführung morgen auf keinen Fall verpassen sollte.“

„Sei lieber nicht dort, Carol, denn wenn man uns auffordert zu verschwinden, werden wir zivilen Ungehorsam üben. Mit Sicherheit werden wir verhaftet. Ich habe die Absicht, mich laut schreiend in die Grüne Minna schleppen zu lassen.“

„Niemand weiß, daß du meine Tante bist.“

„Und was, wenn die Medien es herausfinden? Eine Aufnahme, wie Carol Ashton seelenruhig zusieht, wie man ihre Tante wegträgt und vor den Schnellrichter schleppt – und glaub' mir, ich werde richtigen Zoff machen –, das wäre für deine Karriere keine sehr gute Publicity, nicht wahr?“

„Vielleicht nicht.“

„Im übrigen“, lenkte Tante Sarah ein, „wirst du das Ganze mit etwas Glück morgen abend im Fernsehen mitkriegen.“

***

Später, nachdem ihre Tante sie umarmt hatte und in ihrem verbeulten Kombi weggefahren war, rief Carol Mark Bourke an und beredete mit ihm die Ergebnisse des Tages.

„Das Labor hat Spuren von Blut und Hautpartikel auf dem Schlägerkopf des Sandwedge entdeckt", sagte Bourke. „Die gleiche Blutgruppe wie Fionas, insofern würde ich sagen, das ist die Mordwaffe."

„Vermutlich ist es zuviel erhofft, daß die Eigentümerin ihre Initialen in den Schaft hat eingravieren lassen?" fragte Carol scherzhaft.

„Leider", antwortete Bourke, „aber hast du gewußt, daß Profigolfer und -golferinnen geschmiedete Eisen verwenden, jedes handgefertigt? Alltagsspieler benutzen im allgemeinen Schläger aus Gußeisen, Massenprodukte wie Würstchen."

„Würstchen?"

Bourke gluckste. „Du weißt schon, was ich meine. Und dies ist durchaus von Interesse, Carol, weil es sich bei dem Sandwedge, mit dem Fiona der Schädel eingeschlagen wurde, um einen Profischläger handelt, der für eine bestimmte Spielerin maßgefertigt wurde. Es ist ein Dandon-Schläger, das ist ein neuer koreanischer Ausrüster, der unter den etablierten Sportgeräteherstellern Fuß zu fassen versucht."

Carol sah im Geist die Firmenlogos vor sich, die ihr im Lauf des Tages eher nebenbei aufgefallen waren, und sagte: „Dandon hat als Logo eine grüne Spirale im roten Quadrat, nicht wahr? Ich bin sicher, daß ich es heute zumindest bei zwei Spielerinnen gesehen habe, bei wem, weiß ich nicht."

„Stimmt, das ist das Logo. Der Hersteller hat kein Vertriebsbüro hier, deshalb mußte ich in Seoul nachfragen und auch in den USA, aber bisher kam noch keine Antwort. Und dann versuche ich noch heute abend, einen oder zwei Sportagenten aufzutreiben. Bis morgen werde ich dir die Namen der Sponsoren der Spielerinnen nennen können."

Nun erzählte sie ihm von den geplanten Aktivitäten Tante Sarahs, über die Ökohexen wollte er sich totlachen.

Carol schenkte sich noch einen Absacker ein und holte ihren Aktenkoffer, den sie im Flur bei der Haustür abgestellt hatte. Das Aufschließen gelang ihr nur schwer, und so musterte sie irritiert ihren Koffer. Es war ein relativ windiges Schloß, das jemand mit einem Werkzeug, vielleicht einem Schraubenzieher geöffnet und mit Gewalt wieder geschlossen hatte.

Rasch ging sie den Inhalt durch. Nichts fehlte außer dem Bericht von Hugh Haver, dem jungen Wachtmeister – den zu lesen hatte sie noch nicht die Zeit gefunden hatte.

Nachdenklich trank sie ihren Whisky und saß mit Sinker in der samtigen Dunkelheit dieser Sommernacht. Zikaden zirpten noch eine Weile. Was stand in dem Bericht, daß man ihn aus ihrem Aktenkoffer stehlen mußte? Sie hatte ihn unter dem Schreibtisch verstaut, als sie zur Pressekonferenz gegangen war, und ihn vor der Heimfahrt abgeholt. Morgen früh würde sie als erstes Hugh Haver um eine Kopie bitten.

Mit peitschendem Schwanz verschwand Sinker von der Terrasse, als es unten im Garten verführerisch raschelte. Carol fürchtete nicht, daß er irgend etwas finge. Im Gegensatz zu Jeffrey, Sybils draufgängerischem rötlichen Kater, war Sinker der ungeschickteste Jäger der Katzenwelt. Als Carol und Sybil zusammenlebten, war Sinker manchmal mit einer toten Maus im Maul hereinstolziert, so als hätte er sie selbst gefangen und nicht einfach hervorgeholt, nachdem Jeffrey sie irgendwo hatte liegenlassen.

Sybil. Sie sah sie vor sich, ihr rotes Haar, die schlanke Gestalt mit ihrem unerbittlichen Willen. Es wäre ein Trost, wenn auch nur ein kleiner, zuzugeben, daß dieses Kapitel ihres Lebens beendet war, aber Carol wußte sehr wohl, daß im Grunde nichts geklärt war.

Ihre Gedanken wanderten zu Leota Woolfe. Wenn Sybil die Vergangenheit war, war Leota die Zukunft? Carol schüttelte den Kopf, trank den letzten Schluck aus ihrem Glas und erhob sich aus dem tiefen hölzernen Liegestuhl.

„Kommst du mit zu Bett?“ fragte sie Sinker, der ohne

Beute zurückgekehrt war und sich hingebungsvoll hinter den Ohren wusch.

Der Mond stieg über die Eukalyptuswipfel und tauchte alles in Schwarzweißkontrast. Carol starrte in das helle Rund und stellte sich vor, wie er vor vierundzwanzig Stunden Fiona Hawks totes Gesicht beleuchtet hatte.

Wer hatte ihr regloses Gesicht im Silberlicht des Mondes gesehen? Ihr Mörder, natürlich. Und vielleicht Justin und der andere Junge, die in das Gelände eingedrungen waren. Wenn man die beiden morgen nicht fände, würde sie Vinny Goss mit einem Phantomzeichner zusammenbringen.

„Das Problem ist", sagte Carol zu Sinker, „wie wurde Fiona dazu gebracht, auf die Klippe zu gehen. Hast du irgendeine Idee?"

Sinker gähnte. Offenbar hatte er keine.

10

„Wie schade, so eine hübsche junge Frau." Der Pathologe Jeff Duke musterte den vor ihm auf dem Metalltisch liegenden nackten Leichnam Fiona Hawks.

„Wäre es weniger schade, wenn sie nicht hübsch wäre?"

Lachend streifte sich Duke seine knöchellange Gummischürze über. „Sind Sie etwa ein bißchen gallig heute morgen, Carol?"

Ihr Papierkittel raschelte, als sie ihre Papiermaske anlegte. „Jeder Tod reduziert mich."

„Ah!" sagte Duke aufgekratzt. „Sie paraphrasieren John Donne. ‚Niemand ist eine Insel' ist der Titel dieses Sermons, glaube ich." Er zog sich die Latexhandschuhe an und fuhr psalmodierend fort: „Frag nicht, wem die Stunde schlägt. Sie schlägt dir."

Dukes Assistent, ein stämmiger Mann mit schütterem Haar und blaßblauen Glupschaugen, seufzte theatralisch. „O je", sagte er, „heute morgen zieht Jeff sein volles Repertoire durch. Warten Sie's ab, Kommissarin, gleich bringt er seine Shakespearschen Lieblingszitate."

„Sein oder nicht sein, das ist hier die Frage." Mit einem raschen Y-förmigen Schnitt öffnete Duke Brustkorb und Unterleib.

Carol zuckte unter ihrer Maske zusammen. Sie hatte schon viele Obduktionen mitansehen müssen, doch an diese letzte, wenn auch notwendige Gewalt, die einem Opfer angetan wurde, hatte sie sich nicht gewöhnen können. Gleich würde der Körper, in dem Fiona Hawk gefühlt, gedacht, sich bewegt hatte, ausgeweidet und katalogisiert: Jeder Teil, ihre Organe, ihr Gehirn würden vermessen, gewogen, untersucht und in der nüchternen Sprache der Gerichtsmedizin kommentiert werden.

Duke und sein Assistent arbeiteten rasch und effizient. Das hohe leise Kreischen der Knochensäge ging Carol durch Mark und Bein. Diesen Teil einer Obduktion haßte sie besonders: das fachmännische Skalpieren der Toten. Wenn die Haut vom Kopf gezogen, der Schädel aufgesägt und das Gehirn freigelegt wurde.

Um sich von diesem offiziellen Schlachten, das da vor ihr stattfand, zu distanzieren, dachte Carol an ihr Gespräch mit Leota Woolfe, die pünktlich um sechs Uhr in Sydney gelandet war. Carol hatte erklärt, daß sie in einem neuen Fall ermittle und jetzt nicht weg könne, sie aber am Abend treffen wolle, falls Leota nicht allzu müde sei.

Bei der Anspielung auf ein Jetlag lachte Leota. „Wir FBI-Typen sind zäh. Und außerdem kann ich ja immer noch in deinen Armen einschlafen."

„Carol!“ Jeff Duke holte ihre Aufmerksamkeit in den kalten sterilen Raum zurück, er hielt Fionas Gehirn in seinen behandschuhten Händen. „Sehen Sie sich das an. Sie bekam zwei Schläge auf den Kopf und zwar nicht direkt hintereinander.“

„Was sagen Sie da?“

„Sehen Sie hier? Sie erhielt einen Schlag von hinten, der reichte für eine leichte Schädelfraktur und eine Gehirnprellung und einen Bluterguß. Er reichte aber nicht ganz, sie zu töten, obwohl sie bestimmt das Bewußtsein verlor.“

„Und wieviel später erfolgte der tödliche Schlag?“

„Vielleicht zehn Minuten danach oder etwas weniger. Diesmal war der Schlag sehr viel härter und zertrümmerte ihren Schädel, Knochensplitter drangen ins Gehirn.“

„Ein Golfschläger wurde bei der Leiche gefunden.“

Carol wußte, daß Duke unter seiner Gesichtsmaske lächelte. „Richtig“, sagte er, „ein Sandwedge, glaube ich. Ich persönlich hätte ja einen Driver genommen. Der Schlägerkopf hat einfach mehr Wucht.“

***

Als Carol zum Whitlew Country Club kam, war es noch früh, und sie sah erleichtert, daß Tante Sarah und ihre Ökohexen noch nicht da waren, aber der Ü-Wagen vom Fernsehen parkte bereits beim Eingangstor. Steve hatte Wachdienst, und sie hielt an der Schranke, um kurz mit ihm zu plaudern.

„Gussie Whitley sagt, daß wir heute wahrscheinlich mit einer Demo zu rechnen haben“, sagte Steve, während er ihren Namen in eine Liste eintrug. „Wir haben aus der Zentrale ein paar zusätzliche Wachleute kommen lassen und den Sicherheitsdienst verstärkt.“

„Und das Polizeirevier wurde verständigt?“

„Ja, hab’ ich gestern getan. Sie schicken einen Streifenwagen, wenn's brenzlig wird, aber es ist ja nur ein Häuflein Grüne – alte Frauen, sagt Gussie –, insofern gibt es wohl keine Probleme."

Offensichtlich hatte er Leute wie ihre Tante Sarah noch nicht kennengelernt, dachte Carol und sagte: „Sie wissen natürlich, daß Staatsbürgerinnen und -bürger ein Demonstrationsrecht haben."

Daß Carol eine solche Erklärung nötig fand, beleidigte Steve. „Ja, ich kenne die Bürgerrechte. Ich habe schon viele Demos gesehen und bin selbst auf einigen mitmarschiert. Keine Sorge, Kommissarin, solange sie hier nicht eindringen oder die Einfahrt blockieren, ist alles paletti."

Während Carol ihren Wagen parkte, dachte sie, daß die Demonstrantinnen genau das vielleicht beabsichtigten.

Als sie zur Rezeption des Whitley Country Clubs kam, vertrat ihr am Brunnen Mandi Fiedler den Weg. „Kommissarin Ashton, ich würde Sie gern kurz privat sprechen, bitte."

Wieder verblüffte Carol der Kontrast zwischen der metallischen Schmirgelstimme und der fast kindlichen Gestalt. Ihr schwarzes Haar war zerzaust, sie verzichtete auf jedes Make-up und grinste spitzbübisch. „Was glauben Sie, wer dafür Modell gestanden hat?" Sie deutete auf die Skulptur einer Golferin in der Mitte des Brunnens.

„Ich hab' keine Ahnung."

„Fiona Hawk."

Stirnrunzelnd musterte Carol die Skulptur. Sie war eindeutig weiblich. Wasser sprudelte aus dem erhobenen Schlägerkopf über ihr Gesicht und die Schultern in den Brunnen herab. „Sie ist so stilisiert, daß sie niemandem ähnlich sieht."

Mandi grinste. „Genau an diesem Punkt sage ich immer diesen Neugier weckenden Satz..." Sie hielt inne und flüsterte dann dramatisch: „Da ist etwas, das Sie wissen sollten."

Carol stand nicht der Sinn nach Spielchen, sie sagte scharf: „Dann sagen Sie's mir."

„Lassen Sie uns beim Kaffee reden. Ich verspreche Ihnen, Sie werden Ihre Zeit nicht vergeuden."

Irgend etwas in der Art der Reporterin überzeugte Carol, zuzustimmen. „Sie haben fünfzehn Minuten", erklärte sie.

Der Country Club hatte ein Art Deco-Café mit einer großen Auswahl an Tee und Kaffee. Angenehm überrascht blickte Carol sich um. Der dekorative Stil mit den geometrischen Formen des Art Deco hatte ihr schon immer gefallen.

Mandi Fiedler steuerte einen Ecktisch an, bestellte Kaffee und Doughnuts und sagte, sobald der Kellner gegangen war, zu Carol: „Auf Gegenleistung? Das ist nur fair."

„Wenn Sie ein Exklusivinterview wollen, so etwas gebe ich nicht. Jede Erklärung erfolgt an die Medien allgemein."

„Sie sind ziemlich hart, Carol Ashton", sagte Mandi, von Carols Antwort keineswegs abgetörnt. „Sogar in Melbourne haben wir alles über Sie gehört." Sie unterbrach sich, als der Kaffee und eine Auswahl an Doughnuts serviert wurden.

Plötzlich war Carol hungrig. Vor der Obduktion hatte sie nichts herunterbringen können, und als sie Jeff Duke verließ, hatten die Gerüche und Bilder ihr den Appetit verschlagen. Beim Anblick der cremegefüllten Doughnuts lief ihr das Wasser im Mund zusammen, aber sie nahm sich einen schlichten Zimtkrapfen.

Mandi biß herzhaft in ein fettes Schokoteilchen und kaute genüßlich. „Ich liebe dieses Zeug", sagte sie, „und ich nehme nicht zu, wieviel ich auch esse. Verrückt, nicht?"

„Was sollte ich wissen?"

„Uns Sportreporterinnen und -reportern zollen die sogenannten ernsthaften Journalisten keinen großen Respekt", sagte Mandi, bewußt eine direkte Antwort umgehend. „Wenn Sie mir keine Exklusivgeschichte versprechen können, kann ich dann zumindest auf ein paar Hintergrundinformationen hoffen? Wenn Sie das tun könnten, würde ich Ihnen erzählen, was ich weiß."

„Sicher", sagte Carol und dachte sich, daß eine wie Mandi sich nur mit vertraulichen Details zufrieden gab. Was immer Mandi ihr jetzt erzählte, Carol erwartete auf jeden Fall, daß die Reporterin versuchen würde, demnächst eine Gegenleistung einzufordern.

Nachdem sie ihren zweiten Doughnut verputzt hatte, erklärte Mandi: „Einige Golferinnen haben letzte Woche ein Golfturnier in Melbourne gespielt, quasi als Training für das Whitlew Challenge."

Carol blickte auf ihre Uhr. Mandi gluckste. „Der Wink mit dem Zaunpfahl. Kommissarin, ich gebe Ihnen jetzt die Sparversion. Also, ich schrieb über das Turnier, brachte Kommentare und Hintergrundgeschichten und so weiter. Eines Nachmittags saß ich zufällig mit Fiona Hawk bei einem Drink an der Clubhausbar. Sie war allein und nahm sich den Bourbon zur Brust, als käme er demnächst aus der Mode."

„Sie haben sie interviewt?"

„Eigentlich nicht, es war eher ein Herzausschütten unter Mädels, wenn Sie wissen, was ich meine. Vielleicht war Fiona erschöpft, oder es war der Bourbon, vielleicht hatte sie auch einfach nur generell die Schnauze voll – aus welchem Grund auch immer war sie sehr offenherzig, was Gussie Whitlew betrifft."

„Inwiefern?"

In Ruhe verzehrte sie noch einen Doughnut, wischte sich die Finger an der Serviette ab, ehe sie mit ihrer Raspelstimme fortfuhr: „Von diesem Gespräch habe ich nur meinem Mann erzählt, und der ist verschwiegen wie ein Grab."

„Das kann ich Ihnen nicht versprechen."

„Von Ihnen erwarte ich das auch nicht – im Grunde erzähle ich Ihnen das, weil es mit Fionas Tod zu tun haben könnte."

Sie bedachte Carol mit einem vielsagenden Blick, dann fuhr sie fort: „Also, Fiona und ich unterhalten uns wie Busenfreundinnen, und sie vertraut mir an, daß Gussie seit einiger Zeit hinter ihr her ist und sie bittet, das Whitlew Challenge zu spielen. Sie sagt Fiona, sie habe bereits ein paar der weltbesten Golferinnen auf der Meldeliste, aber Fiona sei der absolute Star."

„In Anbetracht der Höhe des Preisgeldes kann ich mir nicht vorstellen, weshalb Fiona sich zieren sollte", bemerkte Carol.

„Aus irgendeinem Grund zierte sich Fiona aber, deshalb flog Gussie zu den Turnieren in Europa und den USA, an denen Fiona teilnahm. In einem letzten Versuch, sie zu überreden, versicherte Gussie, daß Fiona sie zu dieser aufwändigen Brunnenskulptur inspiriert habe, die im Empfang des Country Clubs aufgestellt wurde."

„Schmeichelhaft", sagte Carol und schenkte sich noch eine halbe Tasse dieses hervorragenden Kaffees ein.

„Sehr, trotzdem war Fiona nicht sonderlich scharf darauf, hier zu spielen, obwohl ihr Agent Ralph Syncomm sie drängte – bei der Aussicht auf eine Siegprämie von anderthalb Millionen lief ihm das Wasser im Mund zusammen."

Carol zog eine Augenbraue hoch. „Und an dieser Stelle erfahre ich endlich das, was ich wissen sollte. Stimmt's?"

Mandi Fiedler warf lachend den Kopf zurück. „Sie sind einfach zu scharfsinnig für mich, Kommissarin. Sie wissen wohl schon, denke ich, daß Gussie bei den zum Turnier eingeladenen Golfstars für alle Unkosten aufkommt. Außer der Antrittsprämie zahlt sie Flugkosten, Hotel, Mietwagen und so weiter. Es hat was für sich, reicher als Gott zu sein."

„Und in Fionas Fall?"

„In Fionas Fall bot sie noch mehr Überzeugungskraft auf, zum Beispiel einen Bonus für jeden Spieltag, an dem sie unter den ersten Fünf sei, diverse kostbare Geschenke, und sie versprach ihr einen Ferrari – einen roten als Pendant zu Gussies. Natürlich war daran etwas geknüpft. Um es platt zu sagen, Gussie hatte ein sexuelles Interesse an Fiona und erwartete, daß sie ihre Avancen zumindest duldete, wenn nicht guthieß."

„Und das tat sie nicht?"

Mandi verzog das Gesicht. „Wissen Sie", sagte sie, „ich habe das starke Gefühl, daß Fiona Gussie an der Nase herumführte, gleich von Anfang an, in der Absicht, zu nehmen, was sie konnte, und gar nicht daran dachte, Gussies Wünschen geneigt zu sein."

Carol trank ihren restlichen Kaffee, betrachtete bedauernd die übrigen Doughnuts und sagte: „Warum erzählen Sie mir das eigentlich jetzt?"

„Am Ende unserer Unterhaltung bedauerte Fiona wohl ihre Offenherzigkeit, denn sie nahm mir das Versprechen ab, darüber zu schweigen. Das fiel mir nicht schwer, angesichts der australischen Rechtslage in bezug auf Verleumdung und der Tatsache, daß Fiona und Gussie als abgebrüht gelten. Ich tat die Sache in das Kästchen mit dem Etikett: interessant, aber nicht zu verwenden – jedenfalls bis gestern abend."

„Gestern abend flog Davy Vere nach Melbourne."

Mandi Fiedler sah Carol bewundernd an. „Sie sind ja eine ganz ausgeschlafene Kommissarin, nicht wahr! Sie haben recht. Wie ich hörte, stellt Davy Vere Fragen, setzt Leute unter Druck, droht ihnen – wie es so seine Art ist als Gussie Whitlews Wadenbeißer." Plötzlich sah sie ganz wütend aus. „Er hat sich sogar meinen Mann vorgeknöpft." Mandi beugte sich über den Tisch. „Und wissen Sie, was das Interessanteste ist, Kommissarin? Ich hatte zu niemandem ein Wort gesagt. Vermutlich hat Fiona Gussie erzählt, ich wüßte genug, um es an die große Glocke zu hängen, und Davy Vere wurde nach Melbourne geschickt, um herauszukriegen, ob das stimmt." Sie lehnte sich in ihren Stuhl zurück. „Es lohnt sich, der Sache nachzugehen, finden Sie nicht?"

„Durchaus" antwortete Carol.

***

Während Carol das Café verließ, rief sie mit ihrem Mobiltelefon das Bezirksrevier an. Hugh Haver war am Apparat, sie bat ihn, ihr so rasch wie möglich eine Kopie seines Berichts in den Country Club zu bringen, und entschuldigte sich, seinen ersten Bericht verlegt zu haben.

An der Rezeption sah sie erfreut, daß Mark Bourke die verchromte Eingangstür aufstieß. Mark war gediegen, in jeder Weise. Sie vertraute ihm, respektierte seine Fähigkeiten, bewunderte seine ruhige, umgängliche Art. Er war ihr Kollege, ihr Freund und mehr noch. Wenn sie zusammen an einem Fall arbeiteten, inspirierten sie sich gegenseitig. Es war erstklassiges Teamwork, Carol genoß den gegenseitigen Antrieb, die unerwarteten Einsichten, die Gedankenblitze, die Jagd auf die Lösung hin, die einen Fall aufklärte und das Gefühl von Gerechtigkeit aufkommen ließ.

„Ehe ich's vergesse", sagte er, als er vor ihr stand, „Anne kommt heute später. Es gibt ein Problem mit ihrer Mutter."

Carol ging zur nächsten Sitzgruppe aus rotem Leder. „Etwas Ernstes?"

„Du weißt doch, daß sie Alzheimer hat, und zwar in fortgeschrittenem Stadium. Die arme alte Dame ist gestern spätabends rausgegangen und hat sich verlaufen. Anne war in Panik, aber irgendein netter Mensch hat ihre Mutter gefunden und heute früh in die Notaufnahme eines Krankenhauses gebracht. Sie hat Schürfwunden und Prellungen, scheint aber sonst okay zu sein. Anne bleibt bei ihr, bis ihr Bruder kommen und sie ablösen kann."

Mit einem Anflug von Scham wurde Carol bewußt, daß sie die Alzheimererkrankung von Annes Mutter nicht mitbekommen hatte. Offensichtlich hatte man es ihr gesagt, und sie hatte wohl nicht hingehört. Im Grunde, wenn Carol es richtig bedachte, wußte sie nur sehr wenig über Anne Newsome, von der beruflichen Seite mal abgesehen, obwohl sie schon seit ein paar Jahren in ihrer Abteilung war. Vielleicht war die Sorge um ihre Mutter der Grund, daß sie zu überprüfen versäumt hatte, ob Liam Ivanovich tatsächlich Australien verlassen hatte.

Bourke reichte ihr einen Schnellhefter. „Die Fotos von der Kette, die wir im Bunker gefunden haben. Das Labor hat keine brauchbaren Fingerabdrücke darauf gefunden. Sie ist kostbar und selten, so daß sie wohl jemand wiedererkennen dürfte. Da Anne nicht hier ist, zeige ich diese Fotos herum und schaue, ob ich in irgendwelchen Augen die Erkenntnis aufblitzen sehen."

Carol zog eines der Fotos heraus und betrachtete es aufmerksam. „Ist sie zufällig abgerissen oder für uns hingelegt?"

„Ich tippe auf letzteres. Obwohl natürlich schon vor Tagen eine Golfspielerin die Kette verloren haben könnte bei dem Versuch, den Ball aus dem Bunker zu schlagen."

„Und was ist mit dem Golfschläger, der offensichtlich bewußt neben die Leiche plaziert wurde?"

„Mit der Absicht, jemanden zu belasten?" fragte Bourke. „Wenn dem so ist, gibt es nur drei Spielerinnen, die die Marke Dandon benutzen – Brinella Altunga, Susann Johansson und Heather Weller."

Carol lachte trocken. „Die Liste der potentiellen Mörder wird von Minute zu Minute länger."

„Dann beeilen wir uns besser. Noch zwei Spieltage, und morgen abend ist das Turnier gelaufen, alle potentiellen Zeuginnen und Zeugen zerstreuen sich in alle Winde – und damit vielleicht auch ein Mörder oder gar zwei. Apropos Mord, wie war die Obduktion heute morgen?"

Carol verzog den Mund. „Wie üblich. Und Jeff Duke war gut aufgelegt, was der Sache noch eins drauf gibt."

Bourke lachte. „Hat er Gedichte zitiert? Letztes Mal, als ich dabei war, hat er ‚The Man from Snowy River' aufgesagt."

„Heute hatte er's mit John Donne und Shakespeare, aber immerhin hab' ich ein vorläufiges Ergebnis bekommen."

Sie rekapitulierte: Keine sexuelle Gewalttat; ein Schlag auf den Kopf, der zur Bewußtlosigkeit führte; etwas später ein zweiter Schlag, der sofort zum Tod führte; die Wunde auf der rechten Kopfseite entspricht einer Waffe, ähnlich dem neben der Leiche gefundenen Golfschläger; der tödliche Schlag wurde dem Opfer höchstwahrscheinlich versetzt, als es auf dem Rücken lag; die Leichenstarre bewies, daß nach dem tödlichen Schlag der Leichnam nicht mehr bewegt worden war; der Tod war zwischen neun Uhr Donnerstagabend und ein Uhr Freitagmorgen eingetreten.

„Ein Vierstundenfenster erschwert die Sache." Mark schüttelte den Kopf. „Wir haben es offenbar mit einer Anzahl Zeugen zu tun, deren Zeitgefühl etwas verschwommen ist, gelinde gesagt."

Carol erzählte ihm von dem Bericht, der aus ihrem Aktenkoffer verschwunden war. „Als ich zur Pressekonferenz ging, war niemand im Büro, somit ist irgendwer hereingekommen, hat den Koffer gewaltsam geöffnet und den Bericht an sich genommen."

„Dann mußt ja etwas Interessantes drinstehen."

„Oder jemand dachte sich das. Ich habe einen Blick draufgeworfen, es waren drei engbeschriebene Seiten. Ich bin sicher, daß Havers Bericht deshalb entwendet wurde. Offenbar kann ich eine Kopie bekommen, deshalb bringt es nichts, ihn zu vernichten."

„Wenn Haver die Kopie abgeliefert hat, sehe ich sie mir genau an", sagte Bourke, „aber inzwischen will ich dir kurz berichten, was meine Ermittlungen ergeben haben. Erstens: Was Fionas britischen Verfolger angeht, die Einreise eines Mr. Byron in Australien ist nirgendwo registriert, und der englische Kollege, mit dem ich gesprochen habe, sagte, man ginge davon aus, daß der Mann gar nicht existiere – daß

Fiona Hawk ihn für die Presse erfunden habe. Du kennst ja diese Schlagzeilen: *Sportstar verfolgt*."

„Ms. Hawk wird mir von Minute zu Minute sympathischer", bemerkte Carol.

„Zweitens: Uta Dahlbergs Agentur steckt in finanziellen Schwierigkeiten, und sie braucht dringend eine Klientin mit richtig großem Namen, sonst geht sie buchstäblich baden."

Carol dachte an Uta Dahlbergs beeindruckende Intensität. Mit ihrem schwarzen Haar, dem bleichen Gesicht und den feurigen Augen wirkte sie irgendwie gefährlich, und vielleicht war sie es.

„Drittens", sagte Bourke mit nachsichtigem Lächeln, „meine Pat kommt heute zum Turnier, sie hat ihre Mutter zum Babysitten beschwatzt, und sie möchte wissen, ob du wohl Zeit für einen schnellen Kaffee hast."

„Pat begeistert sich für Golf?"

Bourke bedachte sie mit einem gequälten Blick. „Meine Liebste begeistert sich für alles, was mit Ballspielen und Reiten zu tun hat. Polo wäre eigentlich der ideale Sport für sie, aber vor kurzem hat sie Golf entdeckt. Sie hat mich sogar ein paarmal auf einen Golfplatz geschleppt, das Ergebnis war nicht sehr schön."

„Meine Güte!" Gussie Whitlew rauschte auf sie zu. „Sie können doch hier im Foyer keine vertraulichen Gespräche führen. Mein Büro wartet auf Sie. Und ich lasse Ihnen sofort ein paar Erfrischungen bringen!"

„Wir werden heute die Aussagen zu Protokoll nehmen", sagte Carol. „Ms. Whitlew, ich möchte mit Ihnen einen Termin für Ihre Aussage vereinbaren."

„Mit mir?" fragte Gussie baß erstaunt. „Ich sehe nicht, wieso es nötig sein sollte, daß ich eine Aussage mache. Natürlich bin ich entsetzt und erschüttert von dem, was passiert ist, aber ich persönlich weiß nichts, was Ihnen weiterhilft."

„Wir brauchen Informationen über das Whitlew Turnier",

beschwichtigte Carol sie. „Wie es organisiert ist, wer alles damit befaßt ist, solche Dinge. Gewiß sind Sie diejenige, die uns das am besten erklären kann."

Gussie senkte ihr gespreiztes Gefieder und sagte: „Nun, wenn es um so etwas geht..." Sie lächelte Carol an. „Und werden Sie mich persönlich befragen?"

Ein lauter Knall ließ alle Anwesenden hochfahren. „Ich möchte jemanden sprechen, der hier zuständig ist." Fleckigrot im Gesicht schlug Major Hawk noch einmal auf den Empfangstisch. Eine junge Frau auf der anderen Seite des Tisches versuchte, ihn höflich zu beschwichtigen. Vergeblich: Er wiederholte seine Forderung lautstark und hieb erneut auf den Tisch.

„Willoughby!" Noch ehe Carol und Bourke sich in Trab setzten, war Gussie schon zu ihm geeilt und ergriff seine Hand. „Bitte, beruhigen Sie sich, Sie erregen Aufsehen."

Er riß seine Hand los und brüllte: „Mörderin!"

Carol und Bourke sprangen an seine Seite, sie packten seine Arme und zogen den kleinen Mann aus dem Verkehr. „Hier entlang, Major", sagte Bourke. „Sie müssen sich erst einmal setzen."

Major Hawk zischte: „Lassen Sie mich los", doch sein Feuer war erloschen. Jetzt liefen ihm Tränen übers Gesicht. „Meine Fiona", sagte er. „Meine Fiona."

Als sie ihn in das erstbeste Büro bugsiert und auf einen Stuhl gesetzt hatten, schickten sie Gussie unter dem Vorwand hinaus, sie möchte für den Major einen stärkenden Tee organisieren. Carol fragte: „Warum haben Sie zu Gussie Mörderin gesagt?"

Er rieb sich die Augen. Eine starke Alkoholfahne umnebelte ihn, und er trug offensichtlich noch die Kleidung von gestern. „Gussie ist schuld. Hätte sie Fiona nicht überredet, an ihrem verdammten Turnier teilzunehmen, wäre meine Tochter noch bei mir."

Er putzte sich mit einem verklumpten Stofftaschentuch die Nase. „Ich habe einen Beweis – ich habe einen Beweis, ich weiß es. Ich werde sie verklagen. Sie hat mir meine Tochter genommen, und dafür wird sie büßen müssen."

Er griff nach Carols Hand, verfehlte sie aber. „Sie sind hier der Boss. Sie müssen alles darüber wissen. Fiona hatte von Gussie die Nase voll, von allem hier die Nase voll. Sie sagte, sie wollte abreisen, und zum Teufel mit dem Whitlew Turnier."

„Sie wollte aus dem Turnier aussteigen?"

Der Major warf Bourke einen wütenden Blick zu. „Sie glauben, das hätte sie nie getan? Da kennen Sie meine Fiona nicht." Als er *Fiona* sagte, flossen die Tränen wieder. „Ich weiß wirklich nicht, wie ich ohne sie zurechtkommen soll."

„Ihrer Tochter war es ernst mit der Aufgabe des Turniers?"

„Immerhin so ernst, daß sie es Gussie am Donnerstagabend mitgeteilt hat. Sie sagte ihr, sie würde morgen nicht zum Spiel antreten." Er bekam vor Verzweiflung einen Schluckauf. „Wir wollten zusammen in die Staaten fliegen. Nach Las Vegas." Sein Ausdruck wurde giftig, als er durch die Glaswand Gussie herankommen sah. „Jedenfalls bis zu dem Moment, als *die* sie umgebracht hat."

11

Im Einverständnis mit Carol hatte Bourke Major Hawk ins Café bugsiert, denn erstens wollten sie ihn von Gussie trennen, die bei der wiederholten Anschuldigung des Majors völlig außer sich geriet und ihm fast an die Kehle gegangen wäre; und zweitens wollten sie ihn nüchtern kriegen. Er hatte sein silbernes Flakon aus der Brusttasche gezogen und erklärt: „Das ist Tanquerey-Gin – der Beste."

Bourke hatte ihm die Flasche abgeschwatzt und versuchte jetzt, den Major zum Kaffee zu überreden und zum Essen, um den Alkohol aufzusaugen.

Gestern war er nach der Identifizierung des Leichnams seiner Tochter außerstande gewesen, Bourkes Fragen zu beantworten. Nun hoffte Carol, daß ein Gespräch von Mann zu Mann beim Kaffee von mehr Erfolg gekrönt wäre.

Anne Newsome war eingetroffen und entschuldigte sich tausendmal; sie erhielt den Auftrag, das Foto von der Halskette herumzuzeigen. Carol zog sich mit Hilary O'Dell in Gussies Büro zurück, um die Kontaktabzüge durchzusehen.

„Alle, die irgendwas sind, waren da", sagte Hilary. Heute trug sie ihre dicke rötliche Mähne offen, was ihre Hakennase und scharfen Gesichtszüge etwas abmilderte.

Carol beugte sich mit ihrem Vergrößerungsglas über die Kontakte und betrachtete die Fotos eingehend. Außer den Teilnehmerinnen am Whitlew Turnier erkannte sie den Bürgermeister von Sydney und etliche Landespolitiker, die den Premierminister von New South Wales umschwirrten – alle mit breitem Lächeln. Es waren auch andere Sportstars anwesend, dazu Prominente von Film und Fernsehen.

„Was für ein Aufgebot", sagte sie.

Gussie Whitlew war überall und lächelte strahlend. Auch Fiona war auf vielen Fotos zu sehen, nicht nur mit Promis, sondern in einem offenbar intensiven Gespräch mit Eddie Altunga sowie mit Gussie, dann Ashleigh Piddock, mit einer Asiatin, die Hilary als Beth Shima identifizierte, und auf der letzten Fotosequenz mit Uta Dahlberg.

„Diese letzten Gruppenfotos habe ich schätzungsweise abends gegen halb neun gemacht, und Fiona ist auf etlichen zu sehen, zu diesem Zeitpunkt hatte sie den Empfang also noch nicht verlassen."

„Aber Sie haben nicht mitbekommen, wann sie gegangen ist, oder?“ fragte Carol.

„Nein, aber kurz bevor sie gegangen ist, habe ich gesehen, daß sie mit ihrem Handy telefonierte und ganz merkwürdig reagierte.“

„Wie meinen Sie das?“

„Ich überzeugte mich gerade, wie viele Fotos ich noch auf dem Film hatte, und beschloß, keinen neuen einzulegen, und weil Gussie mir eingeschärft hatte, so viele Bilder wie möglich von Fiona zu machen, sah ich mich nach ihr um. Als ich sie erspähte, hatte sie einen ganz merkwürdigen Ausdruck im Gesicht. Sie hatte sich eine stille Ecke gesucht, wahrscheinlich um nicht gestört zu werden, und telefonierte.“

„Was war so merkwürdig an ihrem Ausdruck?“

„Kommissarin, natürlich hatten Sie nicht die Gelegenheit, Fiona kennenzulernen, sonst wüßten Sie, daß sie immer total von sich überzeugt war. Doch diesmal wirkte sie...“, Hilary überlegte kurz, „aus der Fassung gebracht.“

„Haben Sie zufällig bemerkt, ob sie die Nummer aus dem Gedächtnis wählte oder sie gespeichert hatte?“

Hilary grinste. „Sie stellen verrückte Fragen, Kommissarin. Fiona hatte tatsächlich einen Zettel, von dem sie die Nummer eintippte.“

„Was geschah dann?“

„Eins von diesen Sternchen im Filmgeschäft kam und wollte unbedingt Abzüge von den Fotos haben, damit verlor ich Fiona aus dem Blick, aber vorher sah ich noch diesen Ausdruck, als sie das Gespräch beendete. Er ist schwer zu beschreiben – eine Art zornige Freude. Das war das letzte –“, Hilary brach ab, als Davy Vere ins Büro kam. Die Hände in den Hüften sagte er zu Carol: „Sie wollten mich sprechen?“

Heute trug er eine hautenge schwarze Jeans und ein schlichtes schwarzes T-Shirt. Wenn Uta Dahlberg gefährlich wirkte, dachte Carol, dann vermittelte Davy das bedrohliche

Gefühl, er könne einem sämtliche Knochen brechen. Sein gebleichtes Haar milderte seinen einschüchternden Eindruck keineswegs, sein harter muskulöser Körper versprach, daß er seine Drohungen mit Leichtigkeit wahrmachen konnte.

Hilary sprang auf die Füße. „Ich überlasse Ihnen die Kontaktabzüge, Kommissarin. Wenn sonst noch was ist..."

Davy schaute ihr grinsend nach. Carol beobachtete ihn genau, bis er fragte: „Was ist?"

„Kennen Sie Hilary O'Dell gut?"

„Wieso?"

„Ich habe den Eindruck, daß sie sich vor Ihnen hütet."

Er bleckte die Zähne zu einem Wolfsgrinsen. „Hütet?" fragte er. „Wohl eher fürchtet." Er packte einen Stuhl, drehte ihn um und setzte sich rittlings darauf. „Oder vielleicht ist sie einfach ein verdammter Angsthase. Fragen Sie mal."

Beiläufig mit ihrem Stift spielend fragte Carol: „Und der Grund für ihre Furcht wäre...?"

„Sie hat ein paar Fotos gemacht, die Gussie nicht gefallen haben. Ich überzeugte O'Dell, daß es unklug wäre, sie an die Presse zu verkaufen."

Carol sah ihm einen Moment in die Augen, dann fragte sie: „Ist es so Ihre Art, die Leute zu bedrohen, damit sie tun, was Sie wollen?"

Er stützte die Unterarme auf die Stuhllehne, seine Lässigkeit sollte ihr zeigen, daß ihre Fragen und ihre Meinung ihn kalt ließen. Sie wunderte sich, daß er nicht tätowiert war – das hätte zu ihm gepaßt. Aber vielleicht, dachte sie amüsiert, waren seine Tattos nicht so öffentlich sichtbar.

„Anscheinend schüchtere ich die Leute ein." Wieder bleckte er die Zähne. „Ich habe keine Ahnung, wieso."

„Haben Sie herausgefunden, ob jemand in Kasha Londons Garderobenspind eingebrochen ist?"

„Was?"

„Gestern hat Ms. Whitlew Sie gebeten, im Umkleideraum

den Spind von Ms. London zu überprüfen, weil sie glaubte, jemand hätte in ihren Sachen gekramt."

„Sie kann von Glück sagen", murmelte Vere, und sagte dann lauter: „Ich hab' nachgesehen. Das Schloß war völlig intakt. Alles nur Einbildung."

Carol reichte ihm das Foto von der Halskette. „Haben Sie die schon einmal gesehen?"

Er warf einen Blick darauf und schnipste es auf den Schreibtisch. „Nicht, daß ich wüßte. Wieso fragen Sie?"

„Nur eine Routinefrage." Carol schlug ihr Notizbuch auf und zückte ihren goldenen Stift. „Wer war am Donnerstag Fionas Caddie?"

„Nachdem Ivanovich bei ihr abgesprungen ist, habe ich ihr Mick Slane vermittelt. Er ist ein erstklassiger Amateurspieler und kennt den Platz sehr gut."

Sie erkundigte sich, wo sie Slane erreichen konnte, und sagte dann: „Wie ich höre, hatten Sie mehr als nur ein flüchtiges Interesse an Fiona Hawk "

„So? Für den Fall, daß Ihnen das entgangen ist, sie war sexy, berühmt und geil. Wieso sollte ich's nicht versuchen?"

„Also haben Sie ihr Avancen gemacht?"

Er grinste verächtlich. „Wieso sagen Sie nicht, was Sie meinen? Ich wollte sie ficken. Wollte sie mich auch ficken?"

„Bewundernswert direkt", kommentierte Carol. „Und? Wollte sie?"

Er zuckte die Achseln. „Sie machte klar, daß sie nicht interessiert war. Ihr Pech."

„Wann war das?"

Davy Vere gähnte, um zu zeigen, daß Carols Fragen ihn langweilten. „Weiß ich nicht mehr."

„War das am Donnerstag? Am letzten Tag ihres Lebens?"

„Was soll das heißen?"

„Es ist eine Frage, Mr. Vere. Wann hatten Sie dieses Gespräch mit Fiona?"

Er machte eine wütende Geste. „Himmel noch mal, Sie geben nicht auf, was? Ich habe nichts damit zu tun, daß man ihr den Schädel eingeschlagen und sie in den Bunker gelegt hat. Und falls Sie denken, ich wüßte zuviel darüber, das tut die Hälfte der Leute im Country Club. Jo Gallagher verkauft die Geschichte, seit er Fiona im Bunker gefunden hat."

Ungerührt entgegnete Carol: „Ich frage Sie noch einmal: Wann führten Sie dieses Gespräch mit Fiona, in dem sie klarmachte, daß sie an Ihnen nicht interessiert war."

Rote Flecken traten auf seine Wangen. Er setzte sich auf, seine Augen verzogen sich zu schmalen Schlitzen. „Ich weiß nicht", zischte er, „irgendwann Donnerstagnachmittag. Nach dem Streit mit Syncomm habe ich sie abgepaßt. Sie war stocksauer, ich kann Ihnen sagen – und sie war verdammt sexy, wenn sie wütend war. Ich kriegte sofort einen Ständer."

Vere genoß dieses Geständnis sichtlich, er entspannte sich und grinste Carol süffisant an.

„Ich möchte den Zeitpunkt erfahren, Mr. Vere. Ich glaube, der Spieltag endete gegen vier Uhr nachmittags, und sie war eine der letzten Spielerinnen. Wie lange danach war Ihr Gespräch mit ihr?"

Er grunzte irritiert. „Ich mußte mich darum kümmern, daß der Platz für den nächsten Morgen hergerichtet wurde, dann hab' ich die Fernsehleute gefragt, ob sie zufrieden sind. Natürlich waren's die Arschlöcher nicht, also muß es so gegen fünf oder halb sechs gewesen sein, als ich Fiona auf einen Drink einlud, aber sie war nicht scharf drauf. Es hat ja keinen Sinn, lange zu reden, wenn sich's nicht lohnt, deshalb fragte ich Fiona direkt. Sie sagte, nein danke."

„Hat sie Sie ausgelacht?"

Er reckte das Kinn. „Mich lacht niemand aus."

Carol lächelte. „Was denn? Nie?"

Fasziniert sah sie, wie er die Nase rümpfte, und fast erwartete sie, daß er vor Wut explodierte, aber mit sichtlicher

Mühe beherrschte er sich und preßte hervor: „Ich sagte Ihnen bereits – Fiona hat klargemacht, daß sie nicht interessiert war. Es war keine große Sache."

„Wenn es keine große Sache war, warum haben Sie es dann für nötig gehalten, Ruth Gallant unter Druck zu setzen, damit sie ihre Geschichte ändert?"

Er zog verächtlich die Oberlippe hoch. „Sie hören auf das Geschwätz von unzufriedenem Personal?"

„Bitte, beantworten Sie meine Frage."

„Ich hab' sie vergessen", sagte er frech.

„Warum fanden Sie es nötig, Ruth Gallant zu drohen, damit sie ihre Geschichte ändert?" wiederholte Carol geduldig.

Für ihre Beharrlichkeit erntete sie ein geräuschvolles Schnaufen. „Ich wollte Ihnen ersparen, in die falsche Richtung zu laufen", sagte er. „Eine Mitarbeiterin berichtete mir, daß Ruth sich bei Ihnen ausgequatscht und eine große Lippe riskiert hat, sie wüßte alles, was vor sich ging. Ich hab' sie mir zur Brust genommen, damit sie bei der Wahrheit bleibt."

„Nun, das hat sie getan."

„Gut."

„Nicht ganz so gut, Mr. Vere, weil ihre Wahrheit der Ihren widerspricht. Und ich frage mich, ob ich, wenn ich mich umhöre, weitere Leute finde, die ihr beipflichten."

„Himmel noch mal! Hören Sie auf!"

„Fiona wurde brutal ermordet. Ich höre nicht eher auf, bis ich den Schuldigen finde. Das heißt, ich werde so lange fragen, bis ich Antwort bekomme."

Tiefe Feindseligkeit trat auf Veres Gesicht. „Ich muß arbeiten", sagte er. „Sie halten mich davon ab."

„Sie kommen sehr viel schneller hier raus, wenn Sie mit uns kooperieren."

„Sehen Sie, Fiona war total von sich überzeugt", sagte er zornig. „Sie hielt sich für eine verdammte Prinzessin. Ich war ihr nicht gut genug, und das hat sie mir gesagt. Ich machte klar, daß mir das zwar nicht gefiel, daß es aber schließlich noch eine Menge andere gäbe, so daß ich mir im Grunde nichts draus machte."

„Was hatten Sie gestern abend in Melbourne zu tun?" fragte Carol unvermittelt.

Davy Vere war schon halb aufgestanden, um zu gehen. Er sank auf seinen Stuhl zurück. „Was?"

Carol wiederholte die Frage. Mit versteinertem Gesicht antwortete er: „Es war eine vertrauliche Arbeit für Gussie. Da müssen Sie sie schon selbst fragen."

„Wie würden Sie Ihre Aufgaben bei Ms. Whitlew beschreiben?"

„Ich bin ihr Assistent."

„Ich glaube, man hat Sie ihren Wadenbeißer genannt."

„Sie denken, ich fungiere als ihr starker Arm? Keineswegs. Ich will doch nicht mit dem Gesetz in Konflikt kommen."

„Sie waren bereits im Gefängnis, Mr. Vere."

„Ja. Mißverständnisse."

„Sie wurden verurteilt", sagte Carol. „Das war kein Mißverständnis, oder doch?"

Vere stand auf. „Ich muß arbeiten."

„Ruth Gallant fürchtet um ihren Job. Sie haben angedeutet, daß sie ihn verliert, wenn sie nicht sagt, was *Sie* wollen."

„Da hat sie sich geirrt."

„Davon bin ich überzeugt. Einschüchterung von Zeugen ist nämlich eine Straftat. Ich hoffe, das ist Ihnen klar, denn wenn nicht, ist es sehr wahrscheinlich, daß Sie gleich wieder einfahren."

Sie wartete, bis er an der Tür war, ehe sie hinzufügte: „Und, Mr. Vere, ich brauche von Ihnen eine formale unterzeichnete Aussage. Inspektor Bourke wird sich deshalb mit Ihnen in Verbindung setzen. Ich wäre Ihnen dankbar, wenn Sie sich zu unserer Verfügung hielten."

***

Nach der provozierenden Vorstellung von Davy Vere war Kasha London der beruhigende Gegensatz. Sie schüttelte Carol die Hand, machte ein paar Bemerkungen über das Wetter und das luxuriöse Umfeld des Country Clubs, dann setzte sie sich, faltete die Hände im Schoß und war offensichtlich bereit, sämtliche Fragen zu beantworten. Sie trug ihre Spielkleidung, eine dunkelbraune Shorts und ein beiges Polohemd mit Logo und Namen eines internationalen Lebensmittelkonzerns auf Ärmel und Brust. Abgesehen von ihrer ungewöhnlich melodiösen Stimme war Kasha London eher unscheinbar, obwohl humorvolle Intelligenz in ihren Augen aufblitzte.

Bei ihrer gestrigen Begegnung an der Rezeption hatte Kasha Carol mit ihrer netten umgänglichen Art beeindruckt, aber in Momenten wie diesem, wenn Carol das Gefühl hatte, zur Unterschätzung von Zeuginnen neigen zu können, erinnerte sie sich jedesmal daran, daß selbst der schlimmste Soziopath jemanden mit seiner höflichen netten Art entwaffnen konnte.

„Was macht Ihr Kopf?“ erkundigte sie sich. „Ich glaube, Sie hatten Migräne.“

„Es geht mir sehr viel besser, aber gestern abend konnte ich kaum noch sehen und nicht mal selbst ins Hotel fahren. Es war meine eigene Schuld, denn als ich bei dem grellen Licht leichte Kopfschmerzen bekam, habe ich nicht sofort meine Sonnenbrille aufgesetzt. Und außerdem habe ich gestern keine gute Runde gespielt“, fügte sie hinzu, „was zu meinem Elend beitrug.“

„Erzählen Sie mir, wie es kam, daß Liam Ivanovich gestern Ihr Caddie war.“

Diese Frage überraschte Kasha sichtlich. „Ich kann mir nicht vorstellen, wieso das eine Rolle spielt.“

„Mr. Ivanovich ist normalerweise Fionas Caddie."

„Ja, aber..." Kasha schwieg irritiert. „Wie soll ich das sagen? Fiona war... tot. Ich meine, um es platt zu sagen, sie brauchte Liam nicht mehr."

„Sie haben ihn angerufen?"

„Ja, und ihn gebeten, sich zu beeilen. Mein eigener Caddie scheute den langen Flug nach Australien, deshalb hatte ich einen Caddie von hier, der ganz gut war, aber eben nicht Liams Klasse besaß." Leicht verlegen fügte sie hinzu: „Ich wollte Liam nicht fragen, als alle drumrum standen, das hätte etwas... opportunistisch gewirkt. Gussie hat uns Mobiltelefone gegeben, also ging ich nach draußen und rief ihn an."

„Ich begreife nicht ganz, Ms. London", sagte Carol. „Liam ist am Donnerstag, dem ersten Spieltag, nicht als Fionas Caddie angetreten, warum sollten Sie dann erwarten, daß er am nächsten Tag für Sie zur Verfügung stünde?"

Kasha biß sich auf die Lippen. „Haben Sie schon mit Liam gesprochen?"

„Bitte, beantworten Sie meine Frage."

Verlegen erklärte Kasha: „Nun, ich habe versprochen, darüber zu schweigen, aber Liam hatte familiäre Sorgen, und Fiona hatte sich bereit erklärt, auf ihn zu verzichten. Doch dann fand er heraus, daß eine überstürzte Rückkehr nach Irland gar nicht nötig war. Liam hat mir gesagt, er käme sich blöd vor, wenn er jetzt zu Fiona zurückginge und seinen Job wiederhaben wollte, deshalb ließ er sie nicht wissen, daß er noch immer hier war."

„Wieder verstehe ich nicht ganz. Ms. Hawk schien allerbeste Chancen auf den Turniersieg zu haben, und wie ich höre, erhält der Caddie zehn Prozent von der Siegprämie. Das sind einhundertfünfzigtausend amerikanische Dollar. Eine beträchtliche Summe, auf die da verzichtet wird, nur weil es so peinlich wäre."

Mit bemühtem Lächeln antwortete Kasha: „Ich kann nicht

so tun, als ob ich verstehe, wie Liams Gehirn funktioniert. Vielleicht ist es ihm absolut logisch erschienen."

„Sie wollten ihn unbedingt haben, weil Sie erwarteten, daß Mr. Ivanovich Ihr Spiel beförderte?"

„Ich weiß nicht, Kommissarin, ob Ihnen klar ist, wie wichtig ein guter Caddie sein kann. Er oder sie schleppt nicht nur die Golftasche und die ganze Ausrüstung, sondern fungiert auch als Rückkoppelung, als Ratgeber, als Hilfe – ein Mensch, der den Platz womöglich besser kennt als man selbst. Ich diskutiere schwierige Schläge immer mit meinem Caddie. Das ist ein zweites Augenpaar, die begründete Meinung eines Fachmanns. Und Liam war Experte. Der absolut beste."

„Um welche Zeit haben Sie von Ms. Hawks Tod erfahren?" fragte Carol beiläufig, aber es war die Kernfrage, und sie beobachtete Kasha scharf.

„Zuerst habe ich gehört, sie hätte den Wettkampf aufgegeben. Natürlich hörte man von allen Seiten, daß eine Leiche auf dem Golfplatz gefunden worden war, aber ich habe das nicht mit Fiona in Verbindung gebracht – wieso auch? Ich habe angenommen, daß sie aus gesundheitlichen Gründen nicht spielen könnte oder vielleicht einen Unfall hatte. Ich hatte doch keine Ahnung, daß sie ermordet worden war."

„Waren Sie froh über Fionas Aufgabe?"

Kasha grinste. „Eine trickreiche Frage, Kommissarin. Wenn ich ja sage, bin ich herzlos und, schlimmer noch, eine schlechte Sportlerin. Und wenn ich nein sage, bin ich eine Lügnerin."

Carol grinste auch. „Ist das eine etwas umständliche Art zu sagen, daß Sie froh über ihre Aufgabe waren?"

„Fiona ist – war – eine der besten Golfspielerinnen der Welt." Belustigt verzog sie die Lippen. „Bitte, verraten Sie mich nicht, aber ich bin jedesmal froh, wenn ich weniger Konkurrenz habe, die auf das Preisgeld scharf ist."

„Und wer hat Ihnen gesagt, daß sie aufgegeben hat? Und wann?“

„O Gott, wann weiß ich nicht genau. Wie Sie sich denken können, ging die Nachricht wie ein Lauffeuer durch den Umkleideraum, vor allem, da Fiona das Turnier anführte.“

„Und Sie lagen auf dem dritten Platz.“

„Da konnte ich von Glück sagen. Am Donnerstag hatte ich einen Eagle am Siebzehnten, deshalb lag ich am Ende eins unter Ashleigh. Darüber war sie überhaupt nicht erfreut.“

„So gut haben Sie gestern nicht gespielt“, bemerkte Carol.

Kasha machte ein verdrießliches Gesicht. „Nein, ich hab's richtig versaut. Anfangs lief es ganz gut, doch dann hatte ich zweimal ein Doppelbogey hinten am Neunten.“

„Also war Mr. Ivanovich keine so große Hilfe, wie Sie gehofft haben?“

„Es war nicht Liams Schuld.“ Kasha zuckte die Achseln. „Offen gesagt, ich war nicht auf das Spiel konzentriert. Es gibt solche Tage.“

„Und wann haben Sie schließlich erfahren, daß Fiona Hawk tot war? Als Sie ins Clubhaus zurückkamen?“

„O nein“, sagte Kasha. „Liam hat's mir gesagt, draußen auf dem Platz. Ich wünschte, er hätte es nicht – es hat mich ganz aus der Fassung gebracht.“ Sie hob die Hand. „Nicht daß ich das als Entschuldigung für mein schlechtes Abschneiden vorschiebe.“

„Wird Mr. Ivanovich weiterhin Ihr Caddie sein?“

Mit sichtlichem Bedauern erklärte Kasha: „Wahrscheinlich nicht. Ich glaube, daß er dieses Turnier mit mir zu Ende bringt, doch für die Zukunft habe ich nicht viel Hoffnung. Ehrlich gesagt, für Liam bin ich nicht erfolgreich genug. Wie Sie wissen, erhalten Caddies einen Prozentsatz vom Preisgeld plus Bonus. Ich kann nicht mehr darauf vertrauen, das große Geld zu kassieren, somit...“ Sie spreizte die Finger.

„Wie sind Sie mit Fiona Hawk ausgekommen?“

„Arme Fiona“, sagte Kasha mitfühlend. „Daß ihr so etwas Schreckliches passiert ist.“

Zum erstenmal nahm Carol einen überzeugenden Ausdruck von Trauer über den Tod des Opfers wahr. Sie sagte: „Manche sind nicht gut mit ihr ausgekommen.“

„Ich bin schon sehr lange auf der Profitour, Kommissarin, und habe gesehen, wie sich alles verändert. Früher war es eine freundliche, kameradschaftliche Atmosphäre, jetzt es eher ein richtiger Konkurrenzkampf. Die Preisgelder sind sehr viel höher als früher, obwohl wir – vom Whitlew Challenge mal abgesehen – nicht das gleiche bekommen wie die Männer, auch nicht die gleiche Aufmerksamkeit seitens der Medien. Aber wir holen auf, insofern kann eine Spitzenspielerin eine Menge Geld machen, wenn sie die großen Turniere spielt.“

„Ich habe den Eindruck, daß Fiona nicht sehr beliebt war. Würden Sie sagen, das stimmt?“

„Es war nicht einfach, mit ihr umzugehen, aber sie war eine fantastische Golfspielerin und schlug routiniert die schwierigsten Bälle, von denen ich nur träumen kann. Und Fiona hatte das richtige Temperament auf dem Platz – sehr ruhig, sehr konzentriert. Sie war erfolgreich – manche haben ihr das geneidet. Ich schätze, sie war auch sehr arrogant. Jedenfalls hatte sie bestimmte Ansichten und scheute sich nicht, die auszusprechen.“

„Sind Sie gut mit ihr ausgekommen?“

Kasha streifte Carol mit einem warmen, entschuldigenden Lächeln. „Ich komme mit allen aus, Kommissarin. Ich bin ein Feigling – ich kann Konfrontationen nicht aushalten.“

„Vielleicht ist es nicht die beste Charakterisierung einer Profisportlerin, sich Feigling zu nennen“, bemerkte Carol.

Das amüsierte Kasha. „Nun, ich gebe zu, wenn ich auf dem Platz stehe mit dem Golfschläger in den Händen, bin ich entschieden selbstbewußter. Ich meinte in persönlichen Beziehungen." Lachend fügte sie hinzu: „Fragen Sie meinen Exmann. Wir haben uns beide für einen Feigling entschieden und dann darum gekämpft, wer von uns beiden schwächer ist. Das war von Anfang an zum Scheitern verurteilt."

Carol lächelte, dann sagte sie: „Sie hatten ein langes Gespräch mit Fiona auf dem Empfang Donnerstagabend."

„O ja." Kasha verzog das Gesicht. „Sie paßte mich im Waschraum der Toilette ab. Fiona war ganz allgemein unzufrieden mit allem. Das passiert manchmal, wenn nichts richtig zu laufen scheint. Liam stand ihr nicht als Caddie zur Seite, sie hatte Probleme mit ihrem Agenten Ralph Syncomm, und ihr Vater machte ihr große Sorgen."

„Major Hawk machte ihr Sorgen? Inwiefern?"

„Ich weiß ja nicht, ob es stimmt, aber Fiona sagte, ihr Vater trinke zuviel –" Kasha brach ab. Dann sagte sie: „Sehen Sie, Kommissarin, ich rede nicht gern so über Major Hawk."

„Alles, was sie vor ihrem Tod gesagt hat, könnte von Bedeutung sein."

Widerstrebend fuhr Kasha fort: „Sie glaubte, daß Ralph und ihr Vater sie betrogen. Ich habe keine Ahnung, ob das stimmt oder nicht, aber ich kann Ihnen sagen, daß sie es geglaubt hat und ihnen ihre Anwälte auf den Hals schicken wollte."

„Ich hatte den Eindruck, sie hätte das längst getan."

„Ich glaube, Major Hawk hat ihr das ausgeredet, beim erstenmal, doch dann ging das wieder von vorn los."

„Mr. Syncomm hat mir versichert", erklärte Carol, „daß sie wegen eines Buchungsfehlers gestritten hätten und sie keine rechtlichen Schritte gegen ihn zu unternehmen gedachte."

Kasha warf die Hände hoch. „Ich wiederhole ja nur, was sie gesagt hat. Kann sein, daß das falsch ist. Fiona war Donnerstagabend in einer wirklich seltsamen Stimmung, und sie hat oft übertrieben."

Eine Reihe von Fragen in bezug auf die Szene zwischen Fiona und Brinella Altunga am Donnerstagmorgen brachte keine neuen Informationen, außer daß Kasha Fionas Art eindeutig mißbilligte. Als Carol auf den Streit zwischen Ralph Syncomm und Fiona am Donnerstagnachmittag kam, lächelte Kasha zynisch. „Agenten", sagte sie zornig und schüttelte den Kopf. „Da könnte ich Ihnen Geschichten erzählen..."

„Uta Dahlberg ist Ihre Agentin?"

„Ja, stimmt."

„Sind Sie mit ihrer Vertretung zufrieden?"

Kasha schürzte die Lippen. „Naja", sagte sie nach einer langen Pause, „um ehrlich zu sein, in letzter Zeit war ich mit Uta nicht so zufrieden. Es kommt mir vor, als kümmere sie sich in der Hauptsache darum, einen Stall voller Jungstars mit vielversprechender Zukunft aufzubauen."

„Hat sie darin Erfolg?"

„Nicht so, wie sie gern hätte. Uta hat Ashleigh an Land gezogen, obwohl ich nicht glaube, auf Dauer. Und ich weiß, daß sie auf Fiona zugegangen ist, als sie von dem Streit mit Syncomm hörte, doch Fiona hatte mir schon gesagt, daß sie zu einer wirklich großen Sportagentur wechseln wollte. Sie nannte den Namen nicht, aber ich würde auf IMG tippen."

Mehr bekam Carol nicht heraus, nur daß Kasha auf ihre Frage, wann sie Fiona Hawk das letzte Mal gesehen hatte, erklärte, sie erinnere sich, daß Fiona gegen acht Uhr abends allein den Empfang verlassen hatte.

„Kommissarin, in ein paar Minuten ist mein Abschlag..."

„Wir werden Sie bitten, später am Nachmittag eine formale Aussage zu Protokoll zu geben." Carol reichte ihr das Foto von der im Bunker gefundenen Halskette. „Haben Sie die schon einmal gesehen?"

Baß erstaunt antwortete Kasha: „Aber das ist ja *meine*. Wo in aller Welt haben Sie die gefunden?"

12

Nach einem Anruf von Vernon Coop, der ihr mitteilte, die beiden Jungen, die Donnerstagabend auf dem Golfplatz waren, seien von mehreren Leuten identifiziert worden, so daß er jetzt ihre Namen wüßte und losführe, um sie aufzutreiben, ging Carol mit Kasha London zum Umkleideraum, in dem sich nach ihrer Meinung jemand an ihrem Spind zu schaffen gemacht hatte.

Als Carol zum zweiten Mal den Bereich der Sportlerinnen betrat, kam sie zu dem Schluß, daß die Bezeichnung Umkleideraum kaum dem luxuriösen Ambiente gerecht wurde, das eher Hotelcharakter besaß oder einem exklusiven Wellnessclub entsprach.

Kasha zeigte ihren Spind, der aus poliertem verchromtem Metall solide gefertigt und von beachtlicher Größe war. Das Schloß wurde mit einer Plastikkarte geöffnet, die, in den Schlitz gesteckt, einen elektronischen Mechanismus aktivierte. Carol sah, daß jeder Spind mit einem emaillierten Namensschild der jeweiligen Benutzerin versehen war. Und zwar in alphabethischer Reihenfolge, weshalb sich der Spind von Toni Karstares links und der von Patti Millican rechts neben Kashas befanden.

„Wie steht's?" fragte Toni, die gerade ihre Schuhe wechselte.

„Mit den Ermittlungen, meinen Sie?" Wieder fielen Carol ihre ungewöhnlich blauen Augen auf.

„Naja", sagte Toni mit verschmitztem Grinsen. „Etwas Persönliches würde ich Sie ja nicht so ohne weiteres fragen."

„Dann muß ich Ihnen versichern, daß wir uns mitten in unserer Untersuchung befinden“, antwortete Carol stereotyp.

„Sind Sie schon soweit, jemanden zu verhaften?“ Lachend stand Toni auf und streckte sich. „Sie verstehen doch mein Interesse – schließlich könnte *ich* es ja sein.“

„Wieso sagst du das? Mit so was scherzt man nicht, Toni“, warf Kasha ein. „Womöglich ist jemand, den wir alle kennen, am Ende der Mörder.“

Toni zuckte die Achseln und ging mit großen Schritten hinaus. Kasha sah ihr nach und sagte: „Ich fühle mich in dieser Umgebung nicht mehr sicher. Es könnte eine von uns sein, falls es nicht...“ Sie blickte Carol hoffnungsvoll an. „Die ganze Zeit hört man in den Nachrichten, daß ein Fremder jemanden umgebracht hat, dessen Namen er nicht kennt.“

„Wir ziehen alle Möglichkeiten in Betracht“, erklärte Carol und dachte, daß sie ihr nicht auf die Nase bände, wie unwahrscheinlich es war, daß sich eine fremde Person Brinellas Golfschläger aneignete oder Kashas Halskette unter der Leiche versteckte.

Ganz und gar nicht beruhigt drehte sich Kasha zu ihrem Spind um. „Ich hasse den Gedanken, daß jemand in meinen Sachen wühlt.“

„Sind Sie davon absolut überzeugt?“

Irrtiert antwortete Kasha: ‚Vielleicht habe ich ja die Tür nicht richtig geschlossen. Wir kennen uns schließlich alle, und da sind wir wahrscheinlich etwas nachlässig.“

Carol spielte mit der Schlüsselkarte. Es war ein weißes Plastikrechteck mit rotem Aufdruck *Whitlew Country Club*. „Sie haben nur eine Karte bekommen?“

„Ja, aber es gibt bestimmt einen Zentralschlüssel, mit dem man alles aufbekommt. Ich meine, das muß es doch geben.“

„Warum haben Sie nicht gesagt, daß Sie ihre Kette vermissen, als Sie meldeten, daß jemand an Ihrem Schrank war?“

Kasha zog einen Flunsch. „Ich bin etwas nachlässig mit

meinem Schmuck, fürchte ich. Immer lege ich ihn irgendwo hin und finde ihn irgendwann wieder. Und beim Spielen trage ich keinen Schmuck. Ich meine mich etwas gewundert zu haben, wo meine Kette war, aber ich war sicher, sie würde schon wieder auftauchen, vielleicht in meinem Hotelzimmer. Eigentlich wußte ich erst genau, daß ich sie verloren haben, als Sie mir das Foto zeigten."

„Somit hätte sie jemand aus Ihrem Hotelzimmer gestohlen haben können?"

„Sicher." Sie biß sich auf die Lippen. „Kommissarin, ich muß Sie noch einmal fragen: Wo haben Sie sie gefunden? Hat sie was mit Fiona zu tun? Bitte – ich muß es wissen."

„Tut mir leid. Ich werde es Ihnen sagen, sobald ich kann."

Inzwischen waren viele Spielerinnen eingetroffen, um sich für das Turnier fertigzumachen, und als sie Brinella Altunga sah, entschuldigte Carol sich und ging zu der jungen Aborigine hinüber.

Sie war viel hübscher, als im Fernsehen herüberkam, sie hatte einen klaren braunen Teint, schwarze Augen und die geschmeidige Grazie, die Carol immer mit Sprinterinnen verband. Auf dem Ärmel ihres Hemdes prangte das rotgrüne Dandon-Logo.

„Ich bin Kriminalkommissarin Carol Ashton."

Brinella nickte zögernd. „Ich weiß, wer Sie sind. Haben Sie schon mit Eddie gesprochen? Er hat mir gesagt, er würde dafür sorgen, daß er dabei ist, wenn Sie mich befragen."

Obwohl sie die Absicht hatte, ihr jetzt und hier zumindest ein paar Informationen zu entlocken, sagte Carol: „Ich würde mich gern heute nachmittag nach Ihrem Spiel mit Ihnen unterhalten."

„Okay, aber ich weiß doch gar nichts."

„Das hat Ihr Bruder mir schon gesagt", erklärte Carol sehr freundlich. „Aber wir haben ein paar Routinefragen, die wir allen stellen, und davon können wir Sie nicht ausnehmen."

Brinella deutete ein Lächeln an. „Vermutlich nicht."

„Etwas möchte ich Sie gern fragen." Carol bemerkte, daß die junge Frau sofort alarmiert war. „Wo haben Sie Ihre Golfschläger verstaut?"

„Meine Golfschläger? fragte Brinella verwirrt. „Im allgemeinen nimmt Eddie sie mit. Aber dieses Clubhaus hat einen fantastischen Geräteraum, wo man alles säubern und reparieren und dann sicher einschließen kann. Deshalb haben wir meine Ausrüstung hiergelassen."

„Sie benutzen Dandon-Schläger?"

Jetzt war Brinella auf der Hut. „Ja", antwortete sie und sah Carol aufmerksam an. „Dieser Ausrüster ist gerade mein Hauptsponsor geworden."

Brinella kam Carol wie ein Füllen vor, das gleich ausschlagen würde, deshalb fragte sie äußerst liebenswürdig: „Stimmt es, daß Profigolferinnen und -golfer maßgefertigte Schläger haben?"

Bei Carols Plauderton entspannte Brinella sich ein wenig, dennoch war sie wachsam. „Für Profis werden Schläger auf ihre Größe, Armlänge und Schlagstärke angepaßt."

Bourke hatte gesagt, daß das Sandwedge ein eigens angefertigter Profischläger war. „Wie interessant. Wären Sie so freundlich, mir das zu erklären?"

Brinellas Augen leuchteten auf, und Carol wurde klar, daß sie die junge Frau am besten zum Reden brächte, indem sie zuerst über Golf sprachen.

„Ich bin groß", sagte Brinella, „Deshalb habe ich einen eher aufrechten Schwung, was sich auf die Lage des Schlägers auswirkt." Sie lächelte. „Ich muß ein bißchen technisch werden, aber es hat mit dem Winkel zwischen Schlägerkopf und Schaft zu tun. Was die Armlänge anbelangt, ist es ziemlich klar, welchen Unterschied es macht, wie lang also der Schaft des Schlägers ist."

Um ihr Interesse zu zeigen und Brinella zum Weiterreden

zu ermuntern, fragte Carol: „Und der Schwung? Hat der damit zu tun, wie hoch man mit dem Schläger ausholt, bevor man den Ball schlägt?"

Brinella schüttelte den Kopf. „Nein, das nicht. Es hat damit zu tun, wie *hart* man den Ball schlägt. Durchschnittsspieler benutzen Schläger mit flexiblem Schaft für die weiten Schläge, aber die sind nicht sehr akkurat. Die meisten Profis benutzen versteifte oder extrasteife Stahlschäfte, weil sie den Ball so hart schlagen, daß er besonders weit fliegt, und versteifte Schäfte geben mehr Genauigkeit."

„Deshalb sind all Ihre Schläger von Dandon?"

Brinella runzelte bei dieser Frage die Stirn, offenbar wunderte sie sich, warauf das hinausliefe. „Nicht direkt. Meine Eisen sind von Dandon, aber ich bevorzuge einen Putter, der von einer anderen Firma ist."

„Und Ihr Sandwedge?"

„Ja, das ist ein Dandon." Jetzt wurde sie argwöhnisch. „Wieso fragen Sie mich nach meinen Schlägern?"

„Könnten Sie womöglich einen vermissen?"

„Es hat mit Fiona zu tun, nicht?" fragte Brinella alarmiert. „Hat es mit dem zu tun, was ihr passiert ist?"

„Nicht unbedingt. Könnten wir Ihre Tasche ansehen?"

Brinella starrte sie mit aufgerissenen Augen an. „Eddie ist im Geräteraum und trifft die Vorbereitungen."

Carol bedeutete ihr, vorauszugehen. „Bitte, es dauert nur einen Moment."

***

Hugh Haver hatte ihr seinen Bericht noch einmal ausgedruckt, und Carol bat eine Bürokraft, ihr davon eine Kopie zu ziehen. Bevor sie ihn las, rief sie Leota im Hotel an. Fast erwartete sie, ihren Anrufbeantworter zu hören, doch Leotas warme Stimme antwortete.

„Ich dachte schon, ich kriege dich nicht“, sagte Carol lachend.

„Du hast mich gekriegt, Carol, was hast du mit mir vor?“

„Nicht viel, fürchte ich.“ Carol wünschte, so fortfahren zu können, aber zum Rumalbern hatte sie kaum die Zeit. „Ich rufe an, um dir zu sagen, daß ich nicht fest versprechen kann, wann ich hier wegkomme.“

Sie hatte gehofft, Leota vom Hotel abzuholen und in Ruhe zu Hause mit ihr zu speisen, doch so wie sich die Ermittlungen anließen, war diese schöne Idee äußerst unwahrscheinlich.

„Weißt du was“, sagte Leota, „Komm einfach hierher ins Hotel, wenn du kannst. Egal wie spät es ist oder ob du mich weckst.“ Sie kicherte. „Offen gesagt, ich liebe es, wenn du in meinen Schlummer dringst.“

Carol notierte sich die Zimmernummer, Vorfreude erfüllte sie. Als sie aufgelegt hatte, rief sie ihre Nachbarin an und bat sie, Sinker zu füttern, dann vertiefte sie sich in Hugh Havers Bericht. Kaum hatte sie zu lesen begonnen, als Mark Bourke hereinkam.

„Hast du die Sirenen gehört?“ fragte er grinsend.

„Tante Sarah und ihre Ökohexen?“ fragte sie resigniert.

„Tante Sarah und ihre Gang“, bestätigte Bourke vergnügt. „Ich habe rasch einen Blick aus dem Clubhaus riskiert. Sie und ihre Ökohexen erregen ziemliches Aufsehen. Zwei Streifenwagen sind aufgefahren, außerdem Ü-Wagen vom Fernsehen, und eine beträchtliche Anzahl Zuschauer bilden ein geneigtes Publikum. Als ich ging, flatterte deine Tante gerade in einem farbenprächtigen Kostüm herum.“

„Straßentheater“, erklärte Carol. „Sie stellt den vergifteten Schmetterling dar.“

Bourke sah sie an, und beide prusteten los. „Ach, was für eine Verwandtschaft“, sagte Bourke. „Meine ist durch und durch fade.“

„Ich habe das dumpfe Gefühl, daß ich sie später gegen Kaution aus der Haft holen muß."

„Wenn das nötig sein sollte, rede ich mit Pat, damit sie sich mit Sybil verständigt. Eine von beiden kann das mit der Kaution arrangieren – ich finde, wir sollten uns nicht damit aufhalten."

„Ist Pat denn schon da?" fragte Carol, der gerade einfiel, daß Pat sich ja heute das Turnier ansehen wollte.

„Sie ist draußen auf dem Platz und sieht sich um, von wo sie am besten zuschauen kann. Ich hab' ihr gesagt, wenn du Zeit hast, trinkst du mit ihr einen Kaffee."

„Das mach' ich bestimmt." Sie grinste Bourke an. „Mark, du siehst ja richtig erledigt aus. Hat sich die Mühe mit Willoughby Hawk gelohnt? Hat er einen Grund angegeben, weshalb er Gussie öffentlich eine Mörderin nannte?"

„Für den Major ist Gussie die Hauptverdächtige am Tod seiner Tochter, weil, ich zitiere, Gussie unnatürliche Triebe hat."

„Das ist alles?"

„So ziemlich, aber was Ralph Syncomm betrifft, war er etwas ergiebiger", erklärte Bourke. „Ich glaube langsam, Fiona hatte recht mit ihrem Verdacht, ihr Vater und Syncomm hätten gemeinsame Sache gemacht. Beschickert oder nicht, Hawk hat frank und frei zum Ausdruck gebracht, Ralph Syncomm hätte die Finanzen frisiert. Natürlich hat er versucht, jeden Betrug von sich zu weisen."

„Der Verdacht ist ja gut und schön, hast du irgend etwas Konkretes gefunden?"

„Genug, um zu wissen, wo ich meine Fragen in bezug auf ihre Finanzen ansetzen muß. Ich würde behaupten, daß Syncomm bis zum Hals in Schwierigkeiten steckt, wenn seine Agentur durchleuchtet wird."

„Und ihr Vater ist an diesem Dreh beteiligt?"

„Brutal gesagt, er ist ein Abstauber erster Güte. Und, ja, Fiona hat ihn in die Wüste geschickt, aber er schien sicher zu sein, daß er ihr das hätte ausreden können, wie schon ein dutzend Mal zuvor. Weißt du, irgendwie tut er mir ein bißchen leid. Da hat er auf einen Schlag seinen Unterhalt und seine Tochter verloren."

„Apropos Schlag", warf Carol ein, „Wie es aussieht, ist Brinella Altungas Dandon-Sandwedge tatsächlich die Mordwaffe. Der Schläger fehlt in ihrer Tasche, und die beiden anderen Spielerinnen haben ihre noch."

Bei dem Gedanken an die Szene im Geräteraum verzog Carol das Gesicht. „Ich glaube nicht, daß Brinella so richtig begriff, was es mit dem Fehlen des Schlägers auf sich hat – aber Eddie war im Bilde –, er zählte zwei und zwei zusammen und geriet außer sich, was vorhersehbar war, und warf erst mir, dann den Mitspielerinnen und Gussie vor, seiner Schwester den Mord an Fiona anzuhängen. Dann weinte Brinella – genau gesagt, schluchzte sie schrecklich. Daraufhin gab es einen großen Auflauf im Geräteraum, und obwohl ich Eddie zum Schweigen zu bringen versuchte, posaunte er die Sache mit dem fehlenden Schläger so laut heraus, daß alle Anwesenden daraus den richtigen Schluß zogen, nämlich daß es sich um die Mordwaffe handelt."

„Jemand versucht, ihr den Mord in die Schuhe zu schieben", sagte Bourke, „vorausgesetzt, sie war nicht so dumm, ihren Schläger am Tatort zurückzulassen."

„Ich kann mir vorstellen, daß sie in Panik etwas Belastendes zurückläßt, aber der Schläger wurde ganz präzise angesetzt und dann bewußt neben der Toten arrangiert. Für mich ist sie als Täterin nicht überzeugend."

„Und ihr Bruder?"

„Er beschützt sie sehr. Selbst wenn er zur Gewalttätigkeit neigen würde, glaube ich kaum, daß er irgendwas täte, das seine Schwester in Verdacht bringt."

Nachdem sich Eddie beruhigt hatte, erzählte er Carol, er habe die Ausrüstung gesäubert und überprüft – die Schläger seien vollzählig gewesen –, ehe er sie in den Stahlschrank geschlossen habe. „Auch ein elektronisches Schloß, das mit derselben Schlüsselkarte zu öffnen ist wie Brinellas Spind", erklärte sie.

„Gibt es einen Generalschlüssel?"

„Mehrere. Die Sicherheit ist im Country Club alles andere als exzellent. Verschiedene Personen haben einen Generalschlüssel, inklusive Davy Vere, der quasi Personalchef ist, und Gussie selbst. Sogar die Putzkolonne bekommt einen Generalschlüssel, sie müssen bloß unterschreiben."

Carol erwähnte noch, daß Vernon Coop angerufen und gesagt hatte, die Jungen wären identifiziert worden, er riefe an, sobald er sie aufgetrieben hatte. Dann resümierte sie kurz die Befragung von Davy Vere und Kasha London. „Sie sagt, daß die Kette zweifelsfrei ihr gehört, sie sich aber nicht erinnern kann, wann sie sie zuletzt gesehen hat, was uns nicht weiterhilft."

Bourke verschränkte die Finger hinter seinem Kopf und lehnte sich in seinen Stuhl zurück. „Was für ein Fall. Da haben wir ein Opfer, das mehr Feinde als Freunde hatte, eine Liste von Verdächtigen, die immer länger wird, und einen Todeszeitpunkt mit einer so breiten Spanne, daß anscheinend praktisch alle die Gelegenheit zum Mord gehabt haben. Außerdem haben wir zwei Dinge am Tatort gefunden, die wahrscheinlich dort hingelegt wurden, um eine unschuldige Person zu belasten. Und zu all dem gibt es natürlich weder Fingerabdrücke noch Zeugen."

Bourkes spöttelnden Ton imitierend, sagte Carol: „Fiona Hawk, die attraktiv, talentiert und reich ist, verbringt den Donnerstag damit, sich mit etlichen Leuten anzulegen, eine Vierundsechzig zu erzielen, womit sie acht unter Par liegt und als Siegerin des ersten Spieltags im Whitlew Challenge vom Platz geht."

„Eine stramme Leistung", bemerkte Bourke, „und da das

Preisgeld dieses Turniers atemraubende anderthalb Millionen beträgt, erzeugt Fionas Runde womöglich eher Angst als Bewunderung, was viele andere Wettkämpferinnen betrifft."

„Ich glaube, du bist unfair, Mark. Mag sein, daß sie nicht sehr beliebt war, als Golfspielerin wurde sie bewundert."

„Aber nicht von der Person, die sie umgebracht hat. Also weiter: Fiona geht zum Empfang, den Gussie im Anschluß an den ersten Spieltag gibt. Sowohl ihr Vater als auch ihr Agent meiden sie, Eddie Altunga richtet ein paar harsche Worte an sie, Fiona beklagt sich heftig bei Kasha London über ihr Leben im allgemeinen, dann führt sie das mysteriöse Telefongespräch und verläßt den Empfang irgendwann zwischen acht und neun Uhr abends."

„Was mich irritiert", sagte Carol, „ist, warum ging sie spätabends auf den Golfplatz. Was hat sie dazu veranlaßt?"

„Liebe?" spekulierte Bourke. „Oder Haß?" Er starrte zur Decke, als käme von dort die Erleuchtung. „Also, wo waren wir? Fiona verläßt den Empfang, wahrscheinlich allein, zwischen acht und neun und trifft sich mit jemandem, mit dem sie in heftigen Streit gerät, auf der Klippe beim vierten Loch."

Er stand auf und vollführte ein paar imaginäre Schläge. „Im hellen Mondlicht wird sie bewußtlos geschlagen, der Angreifer drapiert sie in der Mitte des Bunkers, und mit Brinellas Sandwedge" – er mimte einen Golfspieler, der sich auf den Schlag konzentrierte – „schlug er Fiona mit aller Kraft an den Kopf und tötete sie mit einem einzigen Schlag."

Carol sah direkt vor sich, wie das rote Blut im hellen Vollmond schwärzlich im weißen Sand versickerte. „Wann ist am Donnerstag der Mond aufgegangen?"

„Um acht stand er schon hoch am Himmel. Keine Wolken. Kein Wind. Eine ideale Nacht."

Sie schwiegen einen Moment.

Nüchtern sagte Bourke dann: „Brutal und geplant. Keine Sache im Affekt. Das macht sie sehr gefährlich, Carol."

Sie nickte und reichte ihm Havers Bericht. „Ich habe eine Kopie gemacht, damit wir ihn durchgehen können."

Nach einer Weile lachte Bourke. „Er besorgt sich Kaffee, er geht pinkeln, und er berichtet dir alles haarklein!" Carol antwortete nicht, da sah er auf. „Was ist?"

„Unten auf Seite zwei. Haver sieht einen geparkten gelben Porsche ohne Licht. Er fährt vorbei, und als er zurückkommt, ist der Porsche fort."

„Und?"

„Gussie Whitlew hat einen gelben Porsche."

13

„Ich kann Sie wohl nicht überreden, mit mir auf den Golfplatz zu kommen und beim Spiel zuzusehen?"

„Das ist eine gute Idee, vielen Dank."

Völlig perplex über Carols spontane Zusage, stotterte Gussie: „Hm, ach, das ist... wundervoll."

Hinter ihrem Rücken winkte Bourke Carol zu. „Ich halte solange die Stellung."

Hätte Gussie sie nicht praktischerweise gefragt, hätte Carol eine kleine Plauderei arrangieren müssen. Sie würde ihr viele Fragen beantworten müssen, und Carol war zu dem Schluß gekommen, daß eine lockere, anscheinend spontane Unterhaltung der viel effektivere Weg war, Gussie zu überrumpeln.

„Danke, Mark", antwortete Carol und überließ ihm das Telefon, um die irische Polizei zu kontaktieren und zu bitten, Liams familiäre Situation zu überprüfen. Außerdem käme Mick Slane, Fionas Ersatzcaddie, um seine Aussage zu machen. Anne Newsome hatte eine aktuelle Liste des Personals vom Country Club erhalten und überprüfte sämtliche Namen auf Vorstrafen. Terry Roham war zum Revier geschickt worden, um sich an der Suche nach Justin Mott und Ken Lawson zu beteiligen, da beide Jungen am Morgen, als Coops Leute sie befragen wollten, nicht zu Hause waren.

Gussie marschierte zügig voraus zur Rückseite des Clubhauses. Sie hatte ihre Stöckelschuhe mit braunweißen Golfschuhen vertauscht und war beträchtlich kleiner als Carol. „Waren Sie in den letzten Stunden mal draußen am Haupttor?“ fragte Gussie. „Ihre Tante und diese Hexen haben einen ziemlichen Auflauf verursacht.“

„Ich habe die Demonstration nicht gesehen.“

Gussie grinste sie an. „Sie schämen sich wohl Ihrer Verwandtschaft. Ich weiß, was Sie meinen – ich habe mit Burts Familie seit seinem Tod nichts mehr zu tun. Sie hassen mich ohnehin, weil sie in Burts Testament nur mit Peanuts bedacht wurden.“

Die Geschichte des Modehauses Whitlew war bekannt. Als junges Ehepaar hatten Burt und Gussie Whitlew vor vielen Jahren mit ihrer Kleiderfabrikation klein angefangen, dank der brillanten Kreationen der Modeschöpferin Gussie und dem nicht minder beeindruckenden Finanzgenie Burt war die Firma zu einem erfolgreichen internationalen Konzern gewachsen. Es ging das Gerücht, ihre Ehe sei in Gefahr, weil Gussie der lesbischen Welt zuneigte, aber ihre Ehe hatte die Gerüchte überdauert. Vor fünf Jahren hatte Burt seinen letzten Herzanfall erlitten. Sein Testament war von seiner Familie angefochten worden, Gussie hatte gewonnen und die Marke Whitlew zu noch mehr Erfolg gebracht.

„Ich schäme mich meiner Tante nicht“, entgegnete Carol. „Ich bin stolz auf sie. Sie kämpft für das, woran sie glaubt.“

Gussie sah aus, als wolle sie eine ätzende Bemerkung machen, doch ein Blick in Carols Gesicht überzeugte sie, lieber das Thema zu wechseln. „Diese Farbe kleidet Sie sehr viel besser, Kommissarin“, sagte sie und musterte Carols kobaltblaues Top. „Das ist meine Marke, stimmt's?“

Carol grinste. „Ich glaube ja.“

Heute morgen hatte sie doch tatsächlich die Etiketten ihrer Garderobe durchgesehen und dieses Top aus Gussies letzter Kollektion gefunden. Dazu trug sie eine cremefarbene Hose und hatte beim Anziehen zu Sinker, der auf dem Bett döste, gesagt: „Heute gebe ich mich erfolgsbetont.“ Wobei sie zumindest Gussies Befragung im Sinn hatte.

„Ich hätte gern die Gelegenheit, ein paar Sachen für Sie auszuwählen“, sagte Gussie und maß Carol mit professionellem Blick. „Sie haben die Haltung und Figur, etwas Dramatisches zu tragen, das ins Auge fällt.“

„In meinem Beruf brauche ich nichts Dramatisches oder Ins-Auge-Fallendes.“

„Ich rede nicht vom Beruf. Ich rede von Ihrem *Leben,* Ihrem persönlichen Stil. Ihrem Eindruck auf die Welt. Und lachen Sie nicht, Kommissarin – Mode ist eine ernste Sache.“

„Das sehe ich.“

Bei Carols trockenem Ton trat ein Anflug von Irritation auf Gussies perfekt geschminktes Gesicht. Besänftigend tastete sie über ihr blondgesträhntes Haar. „Viele Frauen gäben ihren rechten Arm für das Angebot, sich von Gussie Whitlew einkleiden zu lassen“, erklärte sie.

„Das Einkleiden ohne rechten Arm wäre eine echte Herausforderung, nicht?“ parierte Carol.

Gussie brach in Lachen aus. „Gar nicht schlecht.“

Nachdem sie ihren Humor wiedergefunden hatte, ging sie beschwingt zu dem elektrischen Golfwagen, der offensichtlich eine Spezialanfertigung war. Er hatte Platz für vier Personen und war goldlackiert mit seitlicher roter Aufschrift *Gussie Whitlew.* Der Plafond war schwarz mit goldenen Troddeln in den Ecken.

„Das Türchen da links ist ein Kühlfach mit Champagner und anderen kalten Getränken, falls Sie etwas wollen“, erklärte Gussie mit sichtlichem Stolz auf ihr Fahrzeug. „Und rechts finden Sie Kaffee, Salate und Knabbereien. Möchten Sie irgend etwas, bevor wir starten?“

Carol lehnte ab und fragte sich, was für eine Fahrerin Gussie wohl war ohne die Pferdestärken eines Porsche oder Ferrari. Sie erhielt umgehend die Antwort, denn noch ehe sie recht in die weichen schwarzen Lederpolster gesunken war, schoß der Golfwagen vom überdachten Stellplatz auf den Golfplatz. „Ich darf all meine Regeln brechen“, erklärte sie. „Niemandem sonst ist es gestattet, derart loszubrettern oder die markierten Fahrwege zu verlassen.“

„Es hat seine Vorzüge, der Boss zu sein“, bemerkte Carol und suchte nach einem Halt, als Gussie unvermittelt vom Weg abbog und um eine Gruppe Zuschauer kurvte, die von einem Loch zum nächsten wanderte.

Gussie griff nach dem Walkie-Talkie, das zwischen den Vordersitzen steckte, und murmelte etwas hinein. Dann steckte sie es wieder in die Halterung. „Toni führt weiterhin, aber nur noch mit einem Schlag. Sie spielt mit Ashleigh, sie sind gerade am neunten Loch. Es ist ein Par vier, knifflig, rechts abschüssig, schmales Fairway durch die Bäume, Wasser direkt vor dem Grün, und drei Bunker schützen das Loch.“

„Das klingt ja grausam.“

Gussie grinste verschmitzt. „Binnie Bayline kann bei der Konstruktion eines Golfplatzes ziemlich gemein sein, und ich gab den Auftrag, diese kleinen Golfherzen zu brechen. Deshalb wurde der Whitlew Country Club eine echte Herausforderung, sogar für Spitzenprofis.“

Der Golfwagen mühte sich die Steigung hinauf zum höchsten Punkt des Geländes. Gussie lehnte sich hinaus und blickte prüfend in den Himmel. „Heute könnte es noch ein schweres Unwetter geben, mit Blitz und Donner. Jedenfalls nach der Wettervorhersage vom Nachmittag. Da besteht berechtigte Furcht, weil im Freien jede Golfspielerin, die ein Eisen in der Hand hält, den Blitz anlockt."

Von hier oben war der Blick traumhaft. Der Golfplatz erstreckte sich in einer Reihe grüner Wellen, in die Bäume und Büsche gruppiert waren. Gewässer spiegelten das Sonnenlicht wider. Hoch oben am Himmel segelten dekorativ ein paar Möwen. Zu ihrer Linken erblickte Carol das blaue Meer, das mit weißen Segeln gespickt war.

Gussie blickte prüfend in den südlichen Himmel. „Finden Sie, daß es dahinten schon dunkler wird? Ich kann mir den Abbruch des Spiels nicht leisten, es wird im Fernsehen direkt übertragen." Sie kniff die Augen zusammen. „Sie wissen ja, daß ein Unwetter von Süden in Minutenschnelle an der Küste hochpeitschen kann."

Sie startete den Wagen und preschte halsbrecherisch den Abhang hinunter. „Ich habe natürlich Vorsichtsmaßnahmen getroffen und Sirenen zur Sturmwarnung installieren lassen."

Sie flitzte um eine Kurve und schreckte ein paar vereinzelte Zuschauer auf. „Am Freitagabend", sagte Carol, „parkte Ihr gelber Porsche auf der Umgebungsstraße in der Nähe der Klippen, so gegen elf Uhr."

„*Mein* gelber Porsche? Sie meinen *ein* gelber Porsche."

„Warum waren Sie dort?"

„War ich gar nicht."

Gussie stellte weder die naheliegende Frage noch protestierte sie heftig. Carol lächelte grimmig. „Daß ich darauf zu sprechen komme, überrascht Sie nicht, stimmt's?"

„Ich weiß nicht, was Sie meinen", antwortete Gussie mit unschuldigem Blick.

„Hätte Davy Vere meinen Koffer aufgebrochen, hätte er wahrscheinlich saubere Arbeit geleistet. Was haben Sie benutzt? Einen Schraubenzieher? Ein Messer?"

Gussie starrte Carol an, dann grinste sie, warf eine Hand hoch und lachte laut. „Einen Schraubenzieher, ich fand ihn in Davys Schreibtischschublade. Mit solchem Werkzeug konnte ich noch nie besonders gut umgehen, ich hab' mir fast den Fingernagel ruiniert." Und glucksend fügte sie hinzu: „Werden Sie mich jetzt festnehmen?"

„Woher wußten Sie, daß Sie Havers Bericht fänden?"

„Steve hat's mir gesagt – Sie kennen Steve ja, den Wachmann am Haupttor. Hughie, ich glaube, so nennt sich der junge Polizist, beklagte sich bitterlich bei Steve, daß Sie von ihm einen detaillierten Bericht über alle Vorgänge bei seiner Patrouille verlangt hätten. Ich hoffte, er hätte meinen Wagen nicht erwähnt, aber als Autofan hat er ihn natürlich sofort bemerkt, weil es das neueste Porschemodell ist."

Ihre Lippen verzogen sich zu einem spöttischen Grinsen, und sie fuhr fort: „Sie hätten sich kaputtgelacht, wenn Sie mich in Aktion gesehen hätten. Ich sah Ihren Schreibtisch, er war leergeräumt, darunter entdeckte ich Ihren Aktenkoffer. Ich rannte hinaus, fand den Schraubenzieher und eilte zurück wie ein aufgescheuchtes Huhn, immer fürchtend, daß mich jemand bei meinem Einbruch ertappen könnte. Es hat richtig Spaß gemacht. Wirklich. Als ich das Schloß geknackt hatte, hab ich den Koffer durchsucht, den Bericht an mich genommen und wollte ihn gerade fotokopieren, da hörte ich die Putzleute den Flur entlangkommen. Natürlich hätte ich sie bluffen können, aber, Carol – oh, Verzeihung, Kommissarin –, ich war so in meiner Rolle als Einbrecherin, daß ich mit aller Kraft das Schloß zusammendrückte, bis es klickte, und mich dann herzklopfend aus dem Staub gemacht hab'."

Sie verlangsamte die Fahrt und parkte den Golfwagen in der Nähe einer großen Zuschauertraube. Übers ganze Gesicht grinsend sagte sie zu Carol: „Wissen Sie, für einen Moment war es fast so aufregend wie Sex."

Carol verkniff sich widerstrebend ein Lächel
kühl: „Warum waren Sie abends um elf dort di

„Weil ich blöd bin, genau gesagt. Fiona wollte mich
dem Empfang in meinem Strandhaus treffen. Es ist etwa zwanzig Minuten entfernt – Sie müssen es sich unbedingt ansehen."

„Bitte, bleiben Sie beim Thema."

Gussie verging das Grinsen, ihr Ausdruck schwankte zwischen Verlegenheit und Zorn. „An diesem Abend habe ich mit Fiona gesprochen", erklärte sie. „Sie fragte nach ihrem Bonus – sie führte am ersten Spieltag – und wollte wissen, wann sie das Geld bekäme. Ich bezirzte sie – jedenfalls dachte ich das –, zu mir nach Hause zu kommen."

„Aus welchem Grund?"

„Um sie zu verführen, natürlich." Gussie maß Carol mit herausforderndem Blick. „Fiona war schließlich erwachsen. Sie konnte selbst entscheiden."

„Was geschah dann?"

„Als ich den Empfang verlassen wollte, war Fiona bereits gegangen. Sie war schon mal in meinem Haus gewesen, deshalb erwartete ich, sie dort anzutreffen. Ich fuhr direkt nach Hause, keine Fiona da. Ich wartete zwanzig Minuten, und als sie nicht auftauchte, fuhr ich zum Club zurück."

„Warum dachten Sie, sie wäre dort bei den Klippen?"

„Wir sind am Mittwochnachmittag dort spazierengegangen, nach Fionas Trainingsrunde. Sie sagte, sie würde gern bei Vollmond die Klippen und das Meer ansehen. Deshalb dachte ich, daß sie vielleicht dort wäre."

„Allein?"

Gussies Gesicht verfinsterte sich. „Nein, ich dachte, sie hätte ein besseres Angebot bekommen und wäre mit jemand anders dort."

„Mit jemand Bestimmtem?"

Gussie zog die Mundwinkel herab. „Wahrscheinlich ein Mann, auf jedenfall attraktiv. Vielleicht einer der Kellner..."

„Haben Sie sie gesehen?"

„Nein. Und mir wurde klar, daß ich mich wie eine Idiotin verhielt, ihr derart nachzusteigen. Zu spät fiel mir ein, daß die Umgebungsstraße von einem Wachmann patrouilliert wird. Ich machte sofort, daß ich wegkam, aber offensichtlich nicht schnell genug."

Gussies Erzählung klang durchaus plausibel, aber Carol hatte schon tausend plausible Geschichten gehört, und viele hatten sich am Ende als falsch erwiesen, wenn nicht gänzlich, so doch in Details.

Sie stiegen aus dem Golfwagen und gesellten sich zum Publikum. Die Spielerinnen waren nahe bei der Fahne vom neunten Loch. Toni Karstares' Ball lag am Rand des Fairways auf der anderen Seite des großen Wasserhindernisses, das das Fairway vom Grün trennte Ashleigh Piddock, die auf die rechte Seite des Wassers geschlagen hatte, war der Fahne näher, denn ihr Ball lag neben der Lippe des größten der drei Sandbunker, die das Grün umgaben.

Das Publikum, durch ein Seil und Aufsichtskräfte in Schach gehalten, schaute gespannt zu, wie Toni ihren nächsten Schlag prüfte und sich mit ihrem Caddie besprach. Gussie flüsterte durchdringend: „Tonis Caddie ist der Trainer hier im Country Club, der Ihnen das Golfspielen beibringen wird, wenn Sie mein Angebot annehmen."

Carols geduldiges Lächeln sagte ihr, daß sie besser das Thema wechseln solle, und so fuhr Gussie fort: „Toni hat es hier schwerer als Ashleigh."

„Ruhe, bitte", sagte eine Aufsicht und hielt ein Schild hoch, auf dem das gleiche stand. „Sie nimmt ein Wedge", raunte Gussie. „Füße zusammen, lockerer Stand. Guter Schlag!"

Der Ball flog sehr hoch, übers Wasser, und fiel fast senkrecht herunter, er rollte nur ein kurzes Stück und blieb einen Meter vor dem Loch liegen. Beifälliges Murmeln und Klatschen erfolgte. Dann richtete sich alle Aufmerksamkeit auf

Ashleigh. Die Aufsicht bat wieder um Ruhe, obwohl das, fand Carol, bei einem so höflichen Publikum kaum nötig schien.

Unentwegt Kaugummi kauend studierte Ashleigh die Lage ihres Balls, die Entfernung zum Loch, nahm dann den von ihrem Caddie gereichten Schläger und vollführte ein paar Vorbereitungsschläge.

„Ihr Kurzspiel ist wundervoll“, erklärte Gussie, woraufhin sich jemand umdrehte und „psst“ machte.

Ashleigh traf den Ball sauber. Mit einem Hüpfer war er auf dem Grün. Das begeisterte Publikum verfolgte lautstark, wie der Ball weiter auf die Fahne zurollte und unter Beifall im Loch verschwand.

„Wenn Toni jetzt ihren Ball einputtet, führen die beiden gemeinsam“, sagte Gussie aufgekratzt. „Ein enger Wettkampf! Ideal fürs Fernsehen.“

Erwartungsgemäß versenkte Toni ihren Ball, die Zuschauer setzten sich in Bewegung – manche sahen beim Abschlag zu, andere eilten zu strategischen Plätzen am Fairway oder zum nächsten Grün.

„Wenn es nicht die albernen archaischen Regeln in bezug auf die Golfkleidung gäbe“, sagte Gussie, „könnte ich ein bißchen Mode in den Sport bringen, etwas Spaß – aber nein, für Innovation ist da kein Raum. Ich bin an die Profiliga herangetreten, doch da hat man abgewinkt.“ Sie deutete auf Toni und Ashleigh. „Sehen Sie sich die beiden an – wie die Zwillinge, das Oberteil muß einen Kragen haben, ohne Ausnahme, würden Sie das glauben? Deshalb tragen sie alle ein Polohemd in gedecktem Farbton oder unauffälligem Muster. Die Shorts müssen weit sein und dürfen nicht zu hoch überm Knie enden. Das Outfit ähnelt einer Uniform.“

„Ist das nicht Ralph Syncomm?“ fragte Carol.

Gussie streifte ihn mit ungnädigem Blick. „Man hätte erwarten können, daß er zumindest so tut, als empfände er eine gewisse Trauer über Fionas Tod.“

„Vielleicht ist er ja gut darin, seine Gefühle zu verbergen“, bemerkte Carol sarkastisch.

„Was Ralph empfindet, ist Erleichterung. Da Fiona tot ist, hat er nichts mehr zu befürchten. Willoughby Hawk wird ihn jedenfalls nicht verklagen – das wäre ein totales Eigentor.“ Gussie runzelte die Stirn. „Ich kann diesen Kerl nicht ausstehen. Er verfolgt Ashleigh regelrecht, um ihr zu zeigen, daß er alles für ihren Erfolg täte, wenn sie zu seiner Agentur wechseln würde.“ Sie rümpfte die Nase, als röche sie einen üblen Geruch. „Und ich würde sagen, der kleine Schleimscheißer hat es auch auf Beth Shima abgesehen, ihr Vertrag steht jetzt auch zur Verlängerung an.“

„Entschuldigen Sie mich einen Moment“, unterbrach Carol, „ich will ihn kurz sprechen.“

Heute steckte sein mickriger Körper in Designersportkleidung, doch der teuerste Aufzug konnte weder seine Hängeschultern noch die schlechte Haltung kaschieren. Sein schütteres Haar bedeckte eine braune Lederkappe, und auf seiner Hakennase saß eine Designersonnenbrille.

„Mr. Syncomm?“

„Kommissarin Ashton – was tun Sie denn hier?“

„Ich schöpfe nur etwas Luft.“ Carol lächelte. „Ich würde Sie gern heute noch am späten Nachmittag sprechen, bevor Sie den Country Club verlassen.“

„Ich habe Ihnen bereits alles gesagt, was ich weiß.“

„Wir haben neue Informationen“, erklärte sie, um ihn ein wenig zu verunsichern. „Und außerdem wäre ich dankbar, wenn Sie eine formale Aussage zu Protokoll gäben.“

Seine Unterlippe zuckte nervös. „Und wozu?“

„Es geht nur um die Formalisierung der Informationen, die Sie mir gestern gegeben haben.“

Das beruhigte Syncomm nicht, Carol merkte, daß er ihr nachstarrte, als sie zu Gussies Golfwagen zurückging.

„Worum ging es denn?“ fragte Gussie unverhüllt neugierig.

Carol fixierte sie und zog die Brauen hoch, fasziniert sah sie, daß Gussie tatsächlich rot wurde. „Entschuldigung", sagte sie mit verlegenem Lächeln. „Ich bin eine Tyrannin, wissen Sie, und so ans Kommandieren gewöhnt, daß ich manchmal vergesse, daß nicht alle zu gehorchen haben."

„Davy Vere gehorcht Ihnen?"

„Natürlich." Sie glitt auf den Fahrersitz. „Sonst wäre er seinen Job los."

„Was hatte er in Melbourne für Sie zu tun?"

Gussies Kopf fuhr herum. „Das war eine Geschäftsreise."

„Mr. Vere wurde von verschiedenen Leuten als Ihr Wadenbeißer bezeichnet, und in dieser Rolle, wie ich hörte, haben Sie ihn Freitag nach Melbourne geschickt."

„Ich weiß, daß Sie mit Davy gesprochen haben. Was hat er gesagt?"

„Was sagen Sie?"

Gussie überlegte. „Ihre Informationsquelle – das ist eine bestimmte Sportjournalistin, nicht wahr?"

Als Carol nicht antwortete, schnaubte sie zornig. „Für eine Geschichte tun Journalisten alles, das wissen Sie doch besser als ich. Sie verdrehen die Tatsachen, ergehen sich in Andeutungen, und manchmal lügen sie schamlos."

Sie streifte Carol mit einem Seitenblick. „War es Mandi Fiedler? Hat sie sich über Davy beschwert?"

Carol seufzte. „Wir wollen offen sein. Davy Vere flog auf Ihre Anweisung hin nach Melbourne. Sein Auftrag lautete, eine Geschichte über Sie und Fiona Hawk zu unterbinden, die Ihnen hätte schaden können."

Gussie hielt sich nicht damit auf, den von Carol beschriebenen Auftrag zu bestreiten. „Die Geschichte war absolut übertrieben. Ich habe lediglich Schutzmaßnahmen ergriffen."

„Hat Fiona gedroht, das Turnier abzubrechen?"

„Das hätte sie nie getan."

„Hat sie damit gedroht?"

Gussies Gesicht wurde hart. „Ich habe aus meinem Interesse an Frauen nie ein Geheimnis gemacht, auch nicht, als ich noch verheiratet war. Fiona wußte genau, wie die Situation war. Sie war eigenwillig und neigte zu Drohungen, die sie nie durchzuziehen beabsichtigte. Und wenn sie was getrunken hatte, erzählte sie wilde Geschichten."

Sie wedelte irritiert mit der Hand. „Fiona war so dumm, in betrunkenem Zustand einer Journalistin ihr Herz auszuschütten, und übertrieb dabei maßlos. Ich habe Davy lediglich gebeten, dem Gerede Einhalt zu gebieten."

„Mandi Fiedler behauptet, sie hätte nichts von dem, was Fiona ihr anvertraut hat, weitererzählt."

„Sagen Sie bloß nicht, Sie glauben ihr!"

„Wenn Sie meinen, daß sie die Gerüchte in die Welt gesetzt hat, warum reden Sie dann nicht direkt mit ihr? Sie war des öfteren im Clubhaus."

„Ich denke nicht daran, der Fiedler in irgendeiner Weise in die Hände zu spielen", fuhr Gussie sie an. „Und damit ist das Thema für mich erledigt."

Sie startete den Golfwagen mit einem Satz. „Sehen wir uns das Golfspiel an." Wortlos preschte sie zum zwölften Loch hinüber, wo Beth Shima und Brinella Altunga spielten. Sie mischten sich unters Publikum. In der Nähe flüsterte die Sportberichterstatterin gerade in ihr Mikro: „Brinella Altunga wählt für diesen Ball ein Eisen sieben. Das Loch liegt weit hinten, so daß sie eine beträchtliche Distanz auf dem Grün zu passieren hat... Guter, solider Schlag... Über den Bunker hinweg aufs Grün. Diese Spielerin ist unglaublich gut mit den mittleren und kurzen Eisen... Der Ball rollt... rollt..."

Enttäuscht seufzte das Publikum. „Tja", sagte die Kommentatorin, „das ist ein sehr langer Schlag für einen Birdie, aber ihr Putter ist heute verzaubert..."

Gussies Mobiltelefon läutete aufdringlich. Sie lauschte einen Moment hinein, dann sagte sie: „Sind Sie sicher? Ja, machen Sie das." Sie schob das Telefon in ihre Tasche und zischte: „Verdammt!"

„Was ist?"

„Sehen Sie da rüber." Gussie deutete nach Süden, wo sich am Horizont des wolkenlosen sonnigen Himmels eine purpurne Masse zusammenbraute und rasch herankam. Carol spürte bereits den kühleren Luftzug auf ihrem Gesicht, in der Ferne zuckten erste Blitze über den sich verfinsternden Himmel. Noch war kein Donner zu hören. Die Sirenen heulten warnend auf, und die Zuschauer suchten eilig Schutz.

„Steigen Sie ein!" rief Gussie.

„Carol!" Es war Pat, Bourkes Frau, die mit weiten Schritten herankam, als hätte sie Sprungfedern in den Absätzen. Sie war größer als Carol und umarmte sie fröhlich. „Flüchten wir vor diesem verdammten Sturm. Ich habe nämlich keine Lust, vom Blitz geröstet zu werden."

Carol wollte sie gerade Gussie vorstellen, als die ihr zuvorkam: „Pat James! Sie haben nicht gesagt, daß Sie zum Turnier kommen. Ich hätte Sie als Ehrengast empfangen."

„Sie kennen sich?"

„Natürlich", sagte Gussie. Sie grinste Pat an. „Schließlich fördere ich die Schönen Künste, nicht wahr?"

Wenn sie darüber nachdachte, wunderte sich Carol eigentlich nicht. Pat hatte lange die Staatsgalerie von New South Wales geleitet, war dann in die private Kunstwelt gewechselt und inzwischen Mitbesitzerin einer erfolgreichen Galerie. Zu dritt flohen sie in Gussies Golfwagen, denn jetzt begannen kalte Böen die Bäume zu peitschen, und die ersten schweren Tropfen fielen.

„Woher kennen Sie beide sich? erkundigte sich Gussie während der Fahrt.

„Ich bin mit Mark Bourke verheiratet."

Jetzt war die Überraschung an Gussie. „Ach ja? Ich hatte keine Ahnung, daß Sie mit einem Kripomann verheiratet sind."

„Kommen Sie nur nicht auf die Idee, aus Pat Informationen herauszuleiern“, sagte Carol leichthin.

„Aber nicht mal im Traum“, erklärte Gussie und preschte um die Kurve. „Nichts wie weg hier.“

Der Regen wurde heftiger, wild zuckende Blitze wurden von unmittelbarem Donner begleitet. Carol dachte, daß dies dem Umweltprotest der Ökohexen wohl einen Dämpfer versetzte, und hoffte, es geschähe noch rechtzeitig vor Tante Sarahs geplanter Verhaftung vor den Abendnachrichten.

Als hätte sie den gleichen Gedanken gehabt, sagte Pat: „Ich habe deine Tante in Aktion gesehen, als ich kam. Mark sagt, ich soll mich bereithalten, um sie gegebenenfalls gegen Kaution aus der Haft zu holen.“

„Ökohexen!“ schnaubte Gussie, während sie durch den grauen Regenvorhang starrte. „Wohl eher Ökoclowns.“

14

Im Clubhaus drängten sich durchnäßte Menschen, die nach Getränken und Essen verlangten. Der Regen ließ bereits nach, der Donner hallte noch immer laut, aber nicht mehr so oft.

„Gehen wir in die Spieler-Lounge.“ Gussie packte Pats rechten und Carols linken Arm und schob sie durchs Gewühl.

In der Lounge war es relativ friedlich, obwohl sie sich rasch mit Spielerinnen, Caddies und Journalistinnen füllte, darunter auch Mandi Fiedler. Carol sah Kasha London mit Liam Ivanovich eintreten, gefolgt von Toni Karstares, die sie anlächelte.

Auch diese Lounge war eine Demonstration des unvergleichlichen Geschmacks von Gussie Whitlew. Decke und

Teppich waren tiefblau, die Wände ein zartes Olivgrün, Sessel und Tische in einem außerordentlichen Limonengrün. In jeder Ecke des Raums stand eine weibliche Marmorfigur.

„Jede repräsentiert eine der vier Jahreszeiten", erklärte Gussie stolz, als sie Carols Blick sah. „Gefallen sie Ihnen?"

Carol suchte noch nach einer diplomatischen Antwort, als Davy Vere auf sie zutrat. Pat und Carol ignorierend, sagte er zu Gussie: „Der Regen läßt nach, also werden wir die Spielerinnen gleich wieder auf den Platz schicken." Er deutete auf einen großen Fernsehschirm oben in der Ecke. „Sie senden einen Nachruf auf Fiona Hawk als Pausenfüller."

Gussie schien gar nicht erfreut. „Ich habe den Fernsehleuten extra gesagt, im Fall einer Regenpause möchte ich, daß sie die Höhepunkte des gestrigen Spieltags senden."

„Da müssen Sie mich nicht ansehen. Ich hatte nichts damit zu tun." Davys Blick glitt zu Carol. „Sie waren auch schon dran", sagte er, ohne seine Antipathie zu verhehlen. „Eine Wiederholung Ihrer Pressekonferenz. Da haben Sie ja nicht viel gesagt, hm?"

„Das war auch nicht meine Absicht."

„Ein echter Charmeur", bemerkte Pat, als Vere gegangen war. „Arbeitet er etwa für Sie, Gussie?"

„Mein Assistent. Er ist sehr effizient, aber ich gebe zu, es fehlt ihm ein wenig Schliff."

„Ein wenig? Er war regelrecht unhöflich zu Carol." Pat nahm Carol liebevoll in den Arm. „Und das können wir doch nicht zulassen, stimmt's?"

„Sie ätzender Zwerg!" erscholl es von der gegenüberliegenden Seite des Raums. Die Gespräche verstummten, Köpfe drehten sich.

„Sie Miststück!"

„O Gott", sagte Gussie, „Nicht hier vor der Presse, vor allem nicht vor der Fiedler!"

Krebsrot stand Ralph Syncomm vor der ebenso wütenden Uta Dahlberg. Da sie größer und viel imposanter war als er, wirkte Syncomm wie ein Kampfhahn, der ins Hintertreffen geraten war, aber nicht aufgeben konnte oder wollte.

Uta Dahlbergs klare Stimme durchdrang den Raum: „Sie glauben, Sie könnten mir Ashleigh abwerben, ja? Dann sollten Sie noch mal gründlich nachdenken, ehe Sie wieder ein Komplott schmieden, Sie Betrüger."

„Ich werde das lieber beenden", erklärte Gussie. „Das macht überhaupt keinen guten Eindruck."

Pat grinste Carol an. „Das würde ich nicht sagen. Es hat für das versammelte Publikum durchaus Unterhaltungswert."

Sie hatte recht: Alle verfolgten gespannt die Szene, und obwohl einige mißbilligend oder konsterniert dreinsahen, schienen sich die meisten zu amüsieren – auch Ashleigh Piddock. Sie lümmelte sich im Sessel, ein Bein baumelte über der Armlehne, ein halbes Grinsen verzog ihr Gesicht.

„Bitte." Gussie trat zwischen die Kampfhähne. „Dies ist wohl kaum der Ort für geschäftliche Auseinandersetzungen."

„Geschäftliche Auseinandersetzungen?" höhnte Uta. „Eine geschäftliche Auseinandersetzung mit einem Kriminellen ist ja wohl ein Ding der Unmöglichkeit."

„Ich werde Sie wegen Verleumdung verklagen", wetterte Syncomm aufgebracht.

Uta Dahlberg wandte sich an Ashleigh. „Sie können nicht im Ernst daran denken, bei diesem Kerl zu unterzeichnen."

„Nein, tu ich auch nicht", erklärte Ashleigh und ließ ihren baumelnden Fuß kreisen. Utas triumphierender Blick war nur von kurzer Dauer, denn Ashleigh fügte hinzu: „Ich denke eher daran, bei IMG oder einem der großen Ausrüster zu unterschreiben."

Diese Erklärung war für Ralph Syncomm und Uta Dahlberg gleichermaßen ein Schock. Ungläubig sagte Uta: „Das können Sie doch nicht tun."

„Doch, ich kann."

Carol sah, daß Mandi Fiedler zu Ashleigh vorschoß wie ein Hai durchs Wasser.

„Entschuldigen Sie." Gussie stellte sich ihr in den Weg. „Das Spiel wird jeden Moment fortgesetzt. Sie können jetzt keine Interviews machen."

„Paßt schon", sagte Ashleigh. „Ich meine, ich hab' nichts dagegen."

„Kommissarin Ashton?"

Carol drehte sich zu Eddie Altunga um. Zum erstenmal, seit sie mit ihm zu tun hatte, wirkte er unsicher. „Haben Sie eine Minute Zeit?"

„Natürlich."

Er blickte von Pat zu Carol. „Könnte ich Sie unter vier Augen sprechen?"

Pat verstand den Wink. „Ich hole etwas zu trinken", sagte sie und ließ sie allein.

Eddie räusperte sich. „Zuerst möchte ich mich entschuldigen. Ich war unhöflich zu Ihnen, dabei haben Sie nur Ihre Arbeit getan." Er holte tief Luft. „Ich will mich hier nicht herausreden, aber ich komme aus einer Kleinstadt, wo Leute wie ich nicht gut mit der Polizei ausgekommen sind. Sie wissen, was ich meine?"

„Ja, ich weiß, was Sie meinen." In etlichen Städten in der Provinz gab es gewohnheitsmäßig Querelen zwischen der Polizei und der schwarzen Bevölkerung. Im allgemeinen wurden die Aborigines gesellschaftlich unterdrückt und als Bürger zweiter Klasse behandelt.

Verlegen erklärte Eddie: „Sehen Sie, Kommissarin, Brinella ist sehr gutgläubig – das ist eine ihrer nettesten Eigenschaften –, aber das bedeutet, daß viele Leute versuchen, daraus einen Vorteil zu ziehen, vor allem weil sie ein Vorbild für den Erfolg von Aborigines darstellt. Ständig wird sie belästigt – von Journalisten, Agenten, Fans. Immerfort. Und dazu kommen die Drohbriefe und -anrufe, worin gesagt wird, wir sollten dahin zurückgehen, woher wir gekommen sind... Ich bin hier, um dafür zu sorgen, daß es nicht überhand nimmt."

„Danke für die Entschuldigung, ich versichere Ihnen, daß ich es nicht persönlich genommen habe."

Er trat von einem Fuß auf den anderen. „Da ist noch etwas. Ich mußte Brinella versprechen, Ihnen zu erzählen, daß sie glaubt, Gussie Whitlew könnte mit dem aus ihrer Golftasche entwendeten Schläger zu tun haben."

„Warum glaubt sie das?"

„Gussie interessierte sich für ihre Dandon-Ausrüstung. Sie sagte, das sei womöglich der Sponsor für das Turnier im nächsten Jahr, und sie wollte wissen, was Brinella von den Schlägern hielt."

„Ist das alles?"

„Nein, natürlich nicht. Brinella ist Donnerstagabend in den Geräteraum zurückgekehrt, nachdem sie sich umgezogen hatte, weil sie ihr Asthmaspray in ihrer Golftasche vergessen hatte." Der bekannte trotzige Ausdruck kehrte in Eddies Gesicht zurück. „Sie werden nichts von dem Asthma sagen, nicht wahr?" sagte er herausfordernd. „Brinella will nicht, daß jemand davon erfährt."

„Für mich ist es Privatsache und geht niemanden etwas an."

Er fixierte sie lange. „Also gut."

„Ihre Schwester ging zurück zum Geräteraum", nahm Carol den Faden wieder auf.

„Es war niemand da außer Gussie, und als sie Brinella sah, murmelte sie schuldbewußt und lief hinaus."

„Aber gesehen hat Brinella nichts?"

„Sie hat sich das nicht ausgedacht."

„Gewiß sagt Brinella die Wahrheit", erklärte Carol. „Aber daß sie Ms. Whitlew im Geräteraum ihres eigenen Country Clubs gesehen hat, muß noch nichts heißen."

„Gussie hat einen Generalschlüssel, mit dem sie jeden Spind öffnen kann, nicht wahr?"

„War der Spind Ihrer Schwester offen?"

„Nein, und falls Sie das fragen wollten, sie hat auch nicht bemerkt, daß etwas nicht stimmt. Sie hat nur ihr Spray geholt und ist gegangen."

„Warum hat Brinella es mir nicht selbst erzählt?"

Eddie lächelte angespannt. „Sie hat Angst vor Ihnen." Und als er sah, wie Carol sich suchend umschaute, sagte er: „Brinella ist nicht hier – Menschenaufläufe liebt sie nicht."

„Ich möchte mit ihr sprechen."

Sichtlich widerstrebend antwortete er: „Okay. Aber nach ihrer Runde."

Eddie ging gerade, mit durchgedrücktem Kreuz und hochgerecktem Kinn jedem Herausforderer die Stirn bietend, als Pat mit Kaffee zurückkehrte. Sie reichte Carol die Tasse und sagte: „Hast du seine Schwester spielen sehen? Sie wird auf der Amerika-Tour eine Sensation sein, weil –"

Eine Lautsprecherdurchsage verkündete die Fortsetzung des Whitlew Challenge. Kurz darauf waren Carol und Pat fast die einzigen in der Lounge.

Carol interessierte im Moment viel mehr, was Pat über Gussie wußte, als die Siegeschancen von Brinella Altunga im Turnier. „Wie gut kennst du Gussie Whitlew?"

„Sie engagiert sich sehr für die Kunst. Du kannst dich drauf verlassen, daß Gussie auf jeder Vernissage ist, die die High Society sponsert, aber sie geht auch zu den Ausstellungen kleiner Galerien. Sie ist allgemein an Kunst interessiert, was in ihren Kreisen eher selten ist."

„In ihren Kreisen bedeutet?"

„Die Superreichen. Ich habe Gussie vor vielen Jahren kennengelernt, als ihr Mann noch lebte, und seitdem treffe ich sie regelmäßig auf Ausstellungen. Wenn sie die Arbeiten von jemandem mag, kauft sie groß ein, so daß jede Galerie, die ein neues Talent ausstellt, betet, Gussie möge die Werke hinreißend finden."

„Hat deine Galerie dieses Glück gehabt?“

„Einmal! Sagt dir Eidleen Trotter etwas? Sie ist Bildhauerin und macht wirklich bizarre Skulpturen. Gussie hatte sich in eine bestimmte verliebt, aber ein anderer sehr bekannter Kunstsammler, nämlich Wilson Graham, wollte sie ebenfalls und war bereit, den Kaufpreis zu überbieten.“

„Wer hat gewonnen?“

Pat schüttelte den Kopf. „Carol, ich kann dir sagen, daß ich dieser Frau nie in die Quere geraten möchte, wenn sie irgendwas will.“

„Sie hat Graham den Hals umgedreht?“ fragte Carol grinsend.

„Das brauchte sie nicht, obwohl ich ihr das durchaus zugetraut hätte, wenn alles andere versagte. So aber hat Gussie Eidleen gesagt, sollte sie Graham die Skulptur verkaufen, würde sie, Gussie, all ihren Einfluß geltend machend, damit Eidleen in Sydney keinen Fuß in den Kunstmarkt bekäme. Bekäme sie die Skulptur, würde sie sie berühmt machen.“

„Ich kann mir vorstellen, was passiert ist.“

„Gussie bekam die Skulptur, deren Titel übrigens lautete: *Woman on the Edge of Something Big,* und machte Eidleen berühmt, wie versprochen.“ Und grinsend riet sie Carol: „Leg dich nicht mit Gussie Whitlew an – die Frau ist gefährlich.“

***

Beth Shima war auf dem Weg zum Golfplatz, als Carol sie aufhielt. Nachdem sie sich vorgestellt hatte, sagte Carol: „Ms. Shima, ich habe eine Frage an Sie. Was hat Fiona Hawk Ihnen am Donnerstagabend auf dem Empfang gesagt?“

Beth hatte tintenschwarzes Haar und Mandelaugen, aber nichts von der sprichwörtlichen fernöstlichen Unergründlichkeit. Sie kicherte und sagte mit amerikanischem Akzent: „Dasselbe wie immer, Fiona wollte mich psychisch kleinkriegen. Vor mir im Turnier waren fünf andere, doch sie wußte, daß ich immer erst langsam in die Gänge komme und am zweiten Tag richtig loslege."

„War das alles?"

Plötzlich ernst werdend, erklärte Beth Shima: „Hm, nein." Sie verzog die Schultern. „Ich glaube, es kommt jetzt nicht mehr drauf an, aber ich hab' Fiona versprochen, es niemandem zu sagen. Sie hatte sich über einen Typen geärgert und gesagt, er hätte herumgebumst. Fiona wußte, daß ich gerade mit meinem Freund Schluß gemacht hatte, und dachte vermutlich, daß ich es verstünde."

„Hat sie den Namen des Typen erwähnt?"

„Sicher", sagte Beth. „Liam Ivanovich. Ich weiß ja nicht, mit wem sie ihn erwischt hat, aber sie war richtig schockiert, und das überraschte mich. Ich hatte geglaubt, Fiona sei durch nichts zu erschüttern."

***

Ralph Syncomm ertränkte gerade seinen Kummer an der Clubhausbar, als Carol ihn fand. Er stürzte sein Bier hinunter und blaffte sie an: „Was wollen Sie von mir?"

„Bevor Sie bei Inspektor Bourke Ihre Aussage zu Protokoll geben, würde ich gern ein paar informelle Worte mit Ihnen wechseln."

„Worüber?" Er starrte sie argwöhnisch an.

„Was für eine Beziehung hatte Fiona mit Liam Ivanovich?"

Er grinste. „Sex, Sex und nochmals Sex."

„Und darüber hinaus?"

Er warf den Kopf in den Nacken, als er sein Glas leerte, und machte dem Barmann ein Zeichen, ihm ein neues einzuschenken. „Fiona war sehr besitzergreifend. Außerdem, auch wenn sie sich öffentlich so cool gab, weiß ich zufällig, daß sie total von ihm besessen war."

„Woher wissen Sie das? Hat sie es Ihnen anvertraut?“

Er wieherte. „Fiona? Anvertraut? Wo denken Sie hin. Ivanovich hat’s mir erzählt.“ Er unterbrach sich und gestikulierte ungeduldig. „He, Sie da, hinter der Bar. Noch ein Bier.“

„Mr. Ivanovich hat Ihnen Einzelheiten über die Beziehung erzählt?“

„Er ließ ein paar Bemerkungen fallen. Er gehört zu der eifersüchtigen Sorte. Wollte sie unter Kontrolle haben. Privat hat er Fiona schlecht behandelt, aber sie ist trotzdem immer wieder zu ihm zurückgegangen.“ Syncomm lächelte säuerlich. „Die beiden waren wie Hund und Katze. Aber sie versöhnten sich immer – bis auf das letzte Mal. Ich weiß zwar nicht, mit wem sie ihn erwischt hat, aber Fiona rastete völlig aus. Sie sagte Ivanovich, daß sie genug von ihm hatte, beruflich wie privat.“

„Das haben Sie vorher nicht erwähnt.“

„Das ist ja wohl eher Privatsache“, entgegnete er tugendhaft. „Fiona hätte nicht gewollt, daß ich darüber rede.“

***

Mark Bourke lachte sich gerade scheckig, als Carol ihn bei Anne Newsome in Gussies Büro antraf. „Ich habe Anne von der Aktion deiner lieben Tante erzählt“, erklärte er.

„Wurde Tante Sarah verhaftet?“

„Sie ist aufgebracht wie eine aufgescheuchte Hornisse. Aber nicht, weil man sie festgenommen hat – dazu hat sie die Cops nicht gekriegt. Nein, es war der Strafzettel für falsches Parken, worüber sie so ausgerastet ist.“

„Wurde die Demo im Fernsehen übertragen?“

„Das ist der Silberstreif“, antwortete Bourke. „Tante Sarah sagt, man hätte ihr versichert, ihre kämen Ökohexen heute in die Abendschau. Das hat den Schmerz über den Strafzettel zwar nicht wettgemacht, aber doch ein bißchen gelindert.“

Carol beäugte die Kaffeekanne auf dem Tablett mit den Tassen und Schnittchen, die wie Gurkenhäppchen aussahen. „Ist der Kaffee heiß?“

„Frisch aus der Küche.“ Bourke goß ihr eine Tasse ein und sagte: „Auf dem Revier hatten sie einen der beiden Jungen – Ken Lawson. Terry war bei der Vernehmung dabei und sagt, der Junge bestritt absolut, Donnerstagabend auf dem Golfplatz gewesen zu sein. Terry sagt, Coop ist sicher, daß er lügt, aber er hält an seiner Geschichte fest.“

„Was ist mit dem anderen Jungen?“

„Justin Mott? Den haben sie noch nicht. Er lebt bei seiner Mutter, und die macht sich nicht die geringsten Sorgen. Sie sagt, er ziehe manchmal tagelang mit seinen Kumpels herum und tauche auf, wenn er Lust dazu hat.“

Carol trank einen Schluck Kaffee und nahm sich vor, ihren Kaffeekonsum einzuschränken – irgendwann, wenn sie mal nicht mitten in einem Fall steckte...

„Daß der Junge ausgerechnet jetzt weg ist, kann doch kein Zufall sein. Kann seine Mutter uns ein Foto überlassen?“

„Schon passiert“, sagte Bourke. „Es geht in diesem Moment an die Presse. Und ich habe Terry ins Präsidium geschickt – da gibt es eine Menge für ihn zu tun.“ Grinsend fügte er hinzu. „Das hat Terry überhaupt nicht geschmeckt. Ach, und bevor ich's vergesse, er läßt dir ausrichten, hier an der Küste seien keine Leichen angeschwemmt worden.“

Anne Newsome berichtete von ihren Anrufen in Irland. Sie hatte eine Schwester von Liam Ivanovich gesprochen und mit dem örtlichen Polizeirevier. „Seine Mutter ist wirklich gestorben, und dieses Familienunternehmen existiert auch – nur wurde die Mutter schon vor zwei Wochen beerdigt, und es war keine Rede davon, daß Liam zum Begräbnis kommen oder in der Firma helfen würde. Er stand seiner Mutter nicht nahe. Genau gesagt, hab' ich herausgehört, daß sie ihm offenbar ziemlich gleichgültig war.“

Bourke hatte sich mit Mick Slane, Fionas Ersatzcaddie, unterhalten. Sie hätten rein beruflich miteinander zu tun gehabt. Sie wäre nicht sehr freundlich zu ihm gewesen und hätte ihn bei der Wahl der Schläger auch nicht zu Rate gezogen, nur ein paarmal bei den schwierigeren Löchern.

Anne heftete ein paar ausgedruckte Seiten aneinander und erklärte: „Enttäuschende Nachrichten. Kein Axtmörder oder Serienkiller unter Whitlews Personal. Ein paar unbezahlte Strafzettel, einer hat für sein Kind die Unterhaltszahlung geprellt. Das ist alles."

Carol berichtete von ihrer Unterhaltung mit Beth Shima über deren Gespräch mit Fiona. Dann schilderte sie Ralph Syncomms Version von der Beziehung zwischen Fiona und ihrem Caddie. „Es dürfte interessant werden, Ivanovichs Sicht der Geschichte zu hören", sagte Bourke. „Ich schnappe ihn mir, wenn er vom Golfplatz kommt."

***

Carol bemerkte, wie Anne mit den Lidern klimperte, als Liam Ivanovich mit Bourke ins Büro trat. Anne sah den Caddie nicht zum erstenmal, denn sie hatte bei der ersten Befragung Notizen gemacht, aber Carol mußte zugeben, daß dieser Mann eine Ausstrahlung hatte, die auch auf den zweiten Blick in Bann schlug.

Sie kam zu dem Schluß, daß es nicht nur an Liams außerordentlich gutem Aussehen lag, auch nicht an dem faszinierenden Kontrast von weißer Haut und schwarzem Haar und tiefblauen Augen, sondern daß er eine beunruhigende sexuelle Ausstrahlung besaß, so als hielte er sich nur mit Mühe zurück.

„Danke, daß Sie sich die Zeit für uns genommen haben, Mr. Ivanovich", begrüßte ihn Carol.

„Hatte ich denn die Wahl?"

Carol lächelte. „Ihre Mutter starb schon vor mehr als zwei Wochen."

Argwöhnisch sah er sie an. „Damit wollen Sie sagen...?"

„Damit will ich sagen, daß Sie uns glauben ließen, sie sei gerade erst gestorben."

„Da haben Sie mich mißverstanden."

„Sie haben uns bei der ersten Befragung erzählt, Sie hätten Fiona gesagt, Sie müßten nach Irland zurück, weil Ihre Mutter plötzlich gestorben sei. Aber das stimmte gar nicht."

„Dann ist sie halt ein paar Tage eher gestorben, na und?"

„Sie haben uns auch gesagt, daß Sie mit Fiona eine sexuelle Beziehung hatten, die aber keine Bindung beinhaltete. Ist das richtig?"

„Das ist richtig."

„Verschiedene Leute sind da anderer Meinung, was die Enge Ihrer Beziehung betrifft, geben sie eine ganz andere Beschreibung. Von Ms. Hawk sagt man, sie sei von Ihnen besessen gewesen, und Sie selbst werden als eifersüchtig und beherrschend beschrieben."

Er lehnte sich in seinen Stuhl zurück und verschränkte die Arme über der Brust. „Sollen die Leute doch denken, was sie wollen."

„Fiona Hawk hat Sie an dem bewußten Mittwoch rausgeworfen, weil Sie, wie sie einer Zeugin erzählte, herumgebumst hätten."

Er setzte sich auf und schob streitlustig das Kinn vor. „Wer hat Ihnen das gesagt?"

„Fiona hat Sie mit einer anderen überrascht. Wer war es?"

Ivanovich preßte die Lippen zusammen und machte ein unbewegtes Gesicht.

„Mr. Ivanovich?"

„Ich küsse nicht und trasche es rum."

Bourke, der stumm an der Seite gesessen hatte, fragte ihn jetzt: „Wo waren Sie Donnerstagabend?"

Ivanovich sprang auf die Füße. „Sie wollen mir doch wohl nicht den Mord an Fiona anhängen!"

Ehe Ivanovich einen Schritt tun konnte, stand Bourke vor ihm. „Setzen Sie sich, Mr. Ivanovich. Die Kommissarin ist noch nicht fertig." Er legte Ivanovich die Hand auf die Brust und stieß ihn scheinbar mühelos auf den Stuhl zurück.

„Also?" fragte Carol. „Wo waren Sie Donnerstagabend?"

15

Es war fast Mitternacht, als Carol Leotas Hotel betrat.

Nachdem sie Ivanovichs Aussage zu Protokoll genommen hatten – er bestritt entschieden, daß Fiona ihm den Laufpaß gegeben hätte, und behauptete, am Donnerstagabend, als sie ermordet wurde, allein in einer Disco gewesen und erst um eins ins Hotel zurückgekehrt zu sein –, hatte Carol Brinella vernommen. Eddie bestand auf seiner Anwesenheit. Brinella hatte versichert, daß es sich genauso verhielt, wie Eddie Carol berichtet hatte.

Als Carol später Gussie zur Rede stellte, war sie zuerst wütend und dann verlegen. Daß Brinella sie am Donnerstag im Geräteraum gesehen hatte, mißfiel ihr sehr. „Wenn Sie es unbedingt wissen müssen", sagte sie, „ich habe als Geschenk ein Schmuckstück in Fionas Golftasche gesteckt. Ich war fest davon überzeugt, sie verbrächte die Donnerstagnacht mit mir, und das Geschenk war ein kleines Dankeschön, das sie am nächsten Morgen finden sollte." Sie errötete noch mehr, als sie hinzufügte: „Am Freitag, als ich herausfand, was passiert war, nahm ich das Geschenk wieder an mich. Ich hatte ihr eine ziemlich deutliche Karte beigelegt."

Anschließend war Carol mit Bourke stundenlang die Vernehmungsprotokolle durchgegangen und die noch nicht vollständige Liste der Telefonate, die von den so großzügig an die Spielerinnen verteilten Handys geführt worden waren. Zwischendurch hatte Carol bei Sybil ihre Tante Sarah angerufen, bedauert, daß es mit der Verhaftung nicht geklappt hatte, und gesagt, sie brauche es gar nicht zu versuchen, gegen den Strafzettel könne sie nichts unternehmen.

Jetzt, da sie Leota so nah war, machte die Gewißheit, die sie den ganzen Tag empfunden hatte, Zweifeln Platz. Warum investierte sie soviel in die Beziehung mit einer, die ihr in vieler Hinsicht fremd war.

Der Flur des Hotels lag verlassen da, nur die Klimaanlage summte sehr dezent, so daß es ihr wie Höllenlärm vorkam, als sie an Leotas Tür klopfte. Gerade wollte sie ein zweites Mal klopfen, da öffnete sich die Tür.

„Eine Kriminalkommissarin für mich allein."

Schon lag Carol in ihren Armen. „Könnte ich vielleicht erst mal reinkommen?" protestierte sie.

„Vielleicht." Leota ließ sie los, schloß die Tür und verriegelte sie. Sie hatten sich seit Monaten nicht gesehen, aber oft telefoniert und dabei eine besondere Intimität entwickelt, die durch das genaue Zuhören entsteht, das Lauschen auf die Nuancen in der Stimme der anderen. Auf einmal fand Carol ihre Vorbehalte lächerlich. Leota war so, wie Carol sie in Erinnerung hatte – selbstsicher und stark.

„Du scheinst kein Jetlag zu haben", bemerkte Carol. „Sagt dir deine innere Uhr nicht, daß es fünf Uhr morgens ist?"

Leota lachte. Ihre weißen Zähne blitzten im schwarzen Gesicht. „Meine innere Uhr sagt mir, und zwar penetrant, daß es Zeit für dich ist."

Sie legte den Kopf schief und musterte Carol. „Du bist abgemagert, mein Schatz, und das kannst du dir gar nicht leisten. Natürlich würde ich mir am liebsten denken, daß du dich nach mir verzehrt hast, aber ich glaube, es ist eher die Arbeit. Die letzten Monate waren hart für dich, nicht wahr?"

Zu ihrer maßlosen Überraschung fühlte Carol Tränen hochsteigen. Leota mußte ihr etwas angesehen haben, denn sie nahm Carol sanft in die Arme.

„Ich bin erschöpft und sentimental", sagte Carol an ihrem Hals. Dann kicherte sie. „Genau gesagt ist das der Code, den unsere Medien beutzen, wenn sie sagen wollen, daß eine öffentliche Person sturzbetrunken ist."

„Ist das der Wink, Champagner aufzutischen?"

„Nein, du bist berauschend genug."

„Oh", sagte Leota, „Ich liebe romantische Worte."

„Sollen wir uns küssen? Das ist so üblich."

Plötzlich erinnerte sie sich ganz deutlich an das erste Mal, als sie sich geküßt hatten. Es war ein langsamer süßer Kuß gewesen, ohne jede Hast. Danach war ihr heute gar nicht.

„Als wir uns das letzte Mal geliebt haben, hattest du überall Beulen und Prellungen, und wenn ich mich recht erinnere, auch zwei gebrochene Rippen", sagte Leota.

„Alles verheilt."

„Auch dein Herz?"

Carol blickte sie an. „Mein Herz? Wie meinst du das?"

Leota war bestürzt, als sei ihr diese Frage versehentlich herausgerutscht. „Ich weiß nicht genau, was ich meine. Vergiß es einfach." Sie legte ihre Hand auf Carols Wange. „Aber vergiß nicht, daß ich dich anbete."

Sie küßten sich, diesmal überhaupt nicht sachte. In Carol erwachte die Leidenschaft, ihr Puls raste, ihre Selbstbeherrschung schmolz dahin. „Schnell", sagte sie, „und nicht zimperlich."

„Nicht mein Stil."

„Dann eben dein Stil."

Leota lachte leise, erregend. „Okay, Ma'am!"

Das anonyme Hotelzimmer geriet in Vergessenheit. Die

Welt war nur noch nackte Haut und rasende Herzen. Zwei Wettkämpferinnen rangen um den gleichen Preis.

Carol bebte vor Verlangen, hechelte vor Gier – nichts als Sinnlichkeit, die ihre Gedanken, ihr Herz, das Selbst bis auf den Kern zerschmolz. Nichts blieb außer der Leidenschaft, die sie in etwas Neues verwandelte – einen singenden goldenen Ton, stark angeschlagen und nachhallend.

„Ich liebe dich", hörte sie Leota sagen, als sie sich in Flammen auflöste und in die verkrumpelten Laken zurückfiel.

Eine köstliche Trägheit erfaßte Carol. Sie war allzu herrlich erschöpft, um sich zu rühren.

„Wie war es?" fragte Leota blasiert.

Carol versuchte, zu Atem zu kommen. „Okay, schätze ich."

„Bloß okay?" Leota tat empört.

„Oh, na gut, dann sensationell. Hinreißend."

„Das trifft es schon eher."

***

Carol schwamm an die Oberfläche ihres Bewußtseins, widerstrebend verließ sie ihren Traum. Von irgendwo kam ein penetrantes Geräusch. Sie schlug die Augen auf und blickte in Leotas schlafendes Gesicht, lächelte, dann seufzte sie. Ihr Mobiltelefon rief sie, insistierend wie ein Wecker.

Sie fiel halb aus dem Bett, wühlte in den Kleidern am Boden, bis sie das schrillende Ding aufgespürt hatte. „Ja."

„Carol, ich muß leider stören. Da ich dich zu Hause nicht erreichte, hab' ich's übers Handy versucht."

„Was gibt's?"

„Justin Mott. Er ist tot. Sein Leichnam wurde in der kleinen Bucht in der Nähe des Country Clubs an den Strand geschwemmt."

„Bin schon auf dem Weg."

16

Während sie noch vor Sonnenaufgang durch das Morgengrauen fuhr, versuchte Carol die Freuden der Nacht hinter sich zu lassen und sich auf den Toten zu konzentrieren. Auch wenn Justin Mott ein Vandale war und die Obdachlosen schikaniert hatte, war er doch immer noch ein junger Mann am Anfang seines Lebens. Wer hätte sagen können, daß er nicht noch einen anderen Weg hätte einschlagen und gut und glücklich hätte leben können? Jetzt waren all diese Möglichkeiten zunichte gemacht.

Sie bog in eine Seitenstraße, die direkt zum Wasser führte. Der Country Club lag einen halben Kilometer nördlich. Weit voraus konnte sie eine Ansammlung von Wagen sehen, die kreuz und quer parkten, wie das bei Fahrzeugen der Gesetzeshüter oft der Fall war.

Carol mußte einen kurzen, aber steilen Weg zum kleinen Strand hinabsteigen. Ein strenger Geruch nach Seegras schlug ihr entgegen, sie konnte hören, wie die Wellen auf den Strand zischten. Der feurige Rand der Sonne stieg in dem Moment über den Horizont, als sie die Gruppe erreichte.

„Es ist Justin Mott", sagte Bourke. „Er hat einen gefälschten Ausweis auf diesen Namen bei sich, womit er in die Disco kommt, das Foto scheint aber zu stimmen." Sie traten beiseite, damit Carol sich den Toten ansehen konnte.

Justin war vom Wasser aufgeschwemmt, sein Gesicht aufgedunsen, der Schädel deformiert und eindeutig mit großer Wucht zertrümmert.

„Ich schätze, er fiel aus großer Höhe auf den Kopf", spekulierte Bourke. „Entweder ein Kopfsprung von den Klippen oder beim Klettern abgestürzt. Oder jemand hat ihn runtergestoßen."

„Jemand hat ihn runtergestoßen", sagte Carol.

***

Bourke fuhr mit Carol zum nächsten McDonald, um zu frühstücken. Er aß mit gesundem Appetit, sie stocherte skeptisch im Frühstück herum und konzentrierte sich auf ihren Kaffee.

„Also", sagte Bourke mit vollem Mund. „Justin Mott sieht allzuviel am vierten Loch Donnerstagabend. Am Freitag versucht er, für das, was er gesehen hat, abzukassieren. Er findet sein Opfer nicht sehr geneigt und zieht sich auf die eine oder andere Weise eine massive Kopfverletzung zu, vielleicht durch einen Sturz auf die Felsen, wo sein Körper von der Flut ins Meer hinausgetrieben wird."

„Die Feststellung des Todeszeitpunkts wird ein Killer", sagte Carol. „Das Wortspiel ist beabsichtigt", fügte sie hinzu, als Bourke grunzte.

Schließlich aß Carol doch einen Mundvoll von ihrem Frühstück, das sehr viel besser schmeckte als erwartet. Plötzlich hatte sie Hunger.

„Mark, was würde eine Frau wie Fiona Hawk erschüttern? Was immer zu diesem Bruch mit Ivanovich führte, es war ein richtiger Schock für sie."

„Wenn sie dahintergekommen ist, daß er eine andere vorzog, war das sicher ein Schock."

„Beth Shima sagte, Fiona war durch nichts zu erschüttern, doch diesmal sei es anders gewesen." Carol überflog die Karte, ob sie noch Appetit auf etwas anderes hatte. Ein plötzlicher Gedanke brachte ihre Aufmerksamkeit zu Bourke zurück. „Fiona haßte Homosexualität."

Sie starrten einander an.

„Er war mit einem Mann zusammen", sagte Bourke. „Fiona erwischte Ivanovich mit einem anderen Mann."

„Gussie hat gesagt, Davy Vere sei bisexuell", sagte Carol. „Dann wollen wir uns mal ein bißchen mit ihm unterhalten."

***

Heute war der letzte Spieltag. Gussie und ihre Leute waren schon früh im Country Club. Carol und Bourke fanden Davy Vere mit Gussie in einem Büro, wo sie die Vorkehrungen für die Siegerehrung durchgingen, bei der die Siegerin und die Zweitplazierte ihre Trophäen überreicht bekämen und, sehr viel wichtiger, ihr Preisgeld.

Vere trug eine hautenge braune Lederhose und eine schwarze Lederweste. Er blickte sie finster an, als sie eintraten. „Ich habe keine Zeit", beschied er Carol. „Fragen Sie Gussie. Sie wird Ihnen sagen, daß ich unabkömmlich bin."

„Wenn ich Sie Carol nennen darf, können Sie ihn haben", sagte Gussie listig grinsend.

„Der vermißte Junge, der Donnerstagabend auf dem Golfplatz war, ist gefunden worden", erklärte Carol. „Er ist tot. Es handelt sich wahrscheinlich um einen zweiten Mord, ich erwarte also, daß Mr. Vere auf der Stelle mit uns zusammenarbeitet."

„Oh, mein Gott", sagte Gussie. „Gehen Sie mit, Davy – ich schaffe das hier allein."

Vere führte sie zu Gussies Büro, ungeduldig marschierte er voraus. Stirnrunzelnd setzte er sich und sagte zu Carol: „Ich habe nichts mit dem Mord an diesem Jungen zu tun. Ich weiß nicht mal seinen Namen."

„Ich würde gern mit Ihnen über den Donnerstag reden. Als Sie mit Fiona Hawk sprachen, diskutierten Sie nicht über die Möglichkeit, mit ihr zu schlafen. Sie haben über jemand anders diskutiert."

„Ach ja? Und warum hat Ruth Gallant gesagt, ich hätte Fiona bedrängt, wenn das gar nicht stimmt?"

Carol sagte: „Ihr Versuch zu betonen, daß es bei dem Konflikt mit Fiona darum ging, daß Sie ihr Avancen gemacht haben, und dann Ruth Gallant unter Druck zu setzen, damit sie ihre Geschichte ändert – das hat mich hellhörig gemacht."

Vere unterdrückte ein Gähnen. „Na und?"

Bourke sagte ihm auf den Kopf zu: „Fiona hat Sie und Liam Ivanovich in einer sogenannten kompromittierenden Situation angetroffen."

„Du lieber Himmel, können Sie die Dinge nicht beim Namen nennen?" Davy Vere schüttelte gereizt den Kopf. „Also gut, ich werd's Ihnen sagen. Fiona kam in Liams Hotelzimmer und überraschte uns direkt dabei. Es war fast komisch, wie sie sich verhielt. Sie hat geschluchzt – wissen Sie, ich glaube, sie hat ihn wirklich gemocht, armes Schwein. Und dann ist sie ausgerastet, hat geschrien, getobt und ihn beschimpft und am Ende gefeuert."

Carol hatte den Eindruck, als sei Vere beinahe erleichtert, die Geschichte zu erzählen, deshalb sagte sie: „Und wie verhielt sich Mr. Ivanovich dazu?"

„Liam versuchte, es ihr auszureden. Als ihr Caddie verdiente er glänzend und bekam viele Sondervergütungen. Und da Fionas Chancen auf den Turniersieg exzellent waren, wollte er seinen Bonus von hundertfünfzigtausend nicht in den Wind schreiben."

„Hat sie sich beruhigt?"

„Nein, aber Liam hat's später weiterversucht, nachdem ich gegangen bin. Er hat Fiona beschworen, daß das, was sie gesehen hat, überhaupt nichts bedeutet, doch das wollte sie ihm nicht glauben. Sie bot ihm an, seinen Rückflug nach Irland zu bezahlen, um ihn loszuwerden. Liam sagte, daß er ginge, dachte aber gar nicht daran. Er hat mir gesagt, sie sollte sich erst mal einen Tag abregen und sich mit einem anderen Caddie herumschlagen, dann würde er wieder auftauchen und ihr mit der üblichen Geschichte kommen, von wegen: Ich liebe dich und kann nicht ohne dich leben!"

„Glauben Sie, daß er das tatsächlich vorhatte?" fragte Carol eindringlich.

Davy Vere beugte sich vor und sah Carol direkt an. „Schauen Sie, wenn Sie glauben, daß Liam Fiona umgebracht hat, dann sollten Sie noch einmal nachdenken. Warum sollte er die goldene Gans schlachten?"

„Weiß Ms. Whitlew von all dem?"

Vere schnaubte vor Lachen. „Ich sollte das Gussie erzählt haben? Auf gar keinen Fall! Dafür ist mir mein Job zu lieb – sie wäre nämlich stocksauer bei dem Gedanken, ich hätte etwas damit zu tun, daß ihre kostbaren Golferinnen aus dem Häuschen sind. Ich hab' ihr erzählt, daß sich Fiona und Liam in Freundschaft getrennt haben, um mich da rauszuhalten."

* * *

Mit entschlossenem Gesicht sagte Coop: „Kommissarin, ich habe Ihnen den anderen Jungen herbeigeschafft – Ken Lawson." Er blickte von Carol zu Mark Bourke und hob zur Begrüßung die Hand. „Bourke", sagte er unfreundlich.

Während er sie in den Vernehmungsraum führte, sagte er: „Ich möchte dabei sein, okay?" Carol nickte. Coop fuhr fort: „Ken Lawsons Vater ist auch hier. *Sehr* aufgebracht, daß wir Bullen glauben könnten, sein verdammter Sohn sei in irgendwas verwickelt. Er verweigert die Aussage seines kleinen Früchtchens."

Mr. Lawson sprang auf, kaum daß sich die Tür öffnete. Er war klein und hatte ein rotes Gesicht, dem die Angst anzusehen war. Carol hatte schon viele Väter wie ihn gesehen; er hatte Angst vor dem, was sein Sohn nun wieder ausgefressen haben könnte, und kaschierte diese Angst durch Angriffslust.

„Warum werden wir hier festgehalten? Ken hat kein Verbrechen begangen. Ich will einen Anwalt, wenn Sie uns nicht gehen lassen. Das ist Freiheitsberaubung ohne triftigen Grund."

Carol seufzte in sich hinein, solche Typen kannte sie nur zu gut. Wie sehr auch immer er selbst an seinem Sprößling zweifeln mochte, würde er beharrlich darauf bestehen, daß sein Sohn kein Wässerchen trüben konnte, egal wie sehr die Beweise vom Gegenteil zeugten.

Sie stellte sich und Bourke vor und sagte dann: „Wir untersuchen zwei Mordfälle. Wie es scheint, ist Ken zumindest im einen Fall ein wichtiger Zeuge. Aus diesem Grund brauchen wir eine formale Aussage von ihm in bezug auf seine Aktivitäten in den vergangen Tagen."

„Aktivitäten? Es ist allein die Schuld von diesem jungen Mott, nicht Kens. Ken hat nichts verbrochen, und Sie können uns nicht hier festhalten." Er gestikulierte wütend dem pickeligen schmächtigen Jungen, der aufrecht und verkrampft auf einem der unbequemen Holzstühle saß. „Komm jetzt, Ken."

„Mr. Lawson", erklärte Carol, „Ihr Sohn steht momentan nicht unter Arrest, sollten Sie jedoch versuchen, ihn aus diesem Raum zu entfernen, werde ich ihn wegen Hausfriedensbruch festnehmen. Dann wird er zumindest sitzen, bis er Montag vors Schnellgericht kommt, darauf können Sie sich verlassen."

Lawson funkelte sie an. Carol starrte schweigend zurück. Coop feixte. Einige Augenblicke später senkte Lawson den Blick. „Was wollen Sie wissen?"

„Ich möchte, daß Ken uns wahrheitsgemäß sagt, was er weiß. Sie werden bei der gesamten Befragung dabei sein. Wir nehmen sie auf Band. Nachdem Kens Aussage protokolliert ist, wird Ken das Protokoll lesen und unterschreiben, danach können Sie beide nach Hause gehen."

Lawson ließ sich schwer auf den nächsten Stuhl sinken. „Nun gut, aber ich will es vermerkt haben, daß mir das gar nicht gefällt."

Mark Bourke führte fast die gesamte Vernehmung durch, nur hin und wieder stellte Carol eine Frage.

Ken Lawson, einer der reizlosesten Jungen, die Carol je gesehen hatte, kratzte sich am Kopf, puhlte an seinen Pickeln herum, schnüffelte ununterbrochen – offensichtlich hatte er ein Nebenhöhlenproblem – und machte im großen und ganzen einen unangenehmen Eindruck. „Es ist allein Justins Schuld", winselte er, noch ehe Bourke die erste Frage an ihn richtete. „Er hat mich in Schwierigkeiten gebracht. Ich habe gar nichts getan."

Widerstrebend gab er dann zu, daß er und Justin, manchmal zusammen mit Freunden, wiederholt die Obdachlosen im Naturschutzgebiet überfallen und ihr Lager verwüstet hatten, was er „ein bißchen Spaß haben" nannte.

Wann er Justin das letzte Mal gesehen hatte? Ken rutschte auf seinem Stuhl herum, schließlich gab er zu, daß er Donnerstagabend gegen halb zehn oder zehn auf dem Golfplatz gewesen war.

„Was wolltet ihr dort?" warf Carol ein.

Ken sah seinen Vater an, dann Carol. „Nur so rumalbern."

„Inwiefern rumalbern? Dies ist ein Fall von Doppelmord. Es ist nicht unser Interesse, dich wegen eine Lappalie wie Hausfriedensbruch dranzukriegen, es sei denn, du verweigerst die Kooperation."

„Das ist eine Drohung!" rief Mr. Lawson und erhob sich halb aus seinem Stuhl.

„Genau gesagt, ist es ein Versprechen, Ihrem Sohn die volle Härte des Gesetzes angedeihen zu lassen, wenn er sich weigert, uns die ganze Wahrheit zu sagen", entgegnete Carol streng. Lawson sank zurück. Sein Sohn sagte: „Wir wollten... Sie wissen schon... auf dem Platz ein bißchen rummachen."

„Der Vorsatz, Vandalismus zu begehen", erklärte Bourke, „ist sehr viel schwerwiegender als Hausfriedensbruch."

„Wir haben ja nichts getan", protestierte Ken. „Wir kamen doch gar nicht dazu, wissen Sie? Wir hörten diesen Streit – ein paar Leute haben sich angebrüllt – und Justin sagte, wir sollten uns ranpirschen und sehen, was los war."

Carols Hoffnung, womöglich einen Augenzeugen für den Mord an Fiona zu haben, schwand, als klar wurde, daß Ken zu allen sonstigen Unzulänglichkeiten auch noch feige war. „Es war richtig unheimlich da draußen, wissen Sie? Überall diese dunklen Schatten, und auf einmal hörte das Gebrüll auf, und ich hab' gesagt, ich will da nicht näher ran, aber Justin ging einfach weiter."

„Und du?" fragte Bourke.

„Ich hab' gemacht, daß ich wegkam." Und befriedigt fügte er hinzu: „Wie's scheint, hab ich das Richtige getan, nicht wahr, wenn man sieht, was mit Justin passiert ist."

„Was ist mit Justin passiert?" bohrte Carol.

Ken leckte sich die Lippen. „Naja, er wurde umgebracht." Er beugte sich zutraulich vor und schien erleichtert, daß er den größten Teil der Geschichte berichtet hatte. „Ich habe ihn nach dem Donnerstag nicht mehr gesehen, aber ich hab' ihn am Freitag angerufen, nur um zu hören, wie's weiterging, und Justin sagte, er würde ein bißchen was rausschlagen. Ich sollte ihn Freitagabend treffen und mit ihm feiern."

Ken kam der nächsten Frage zuvor, indem er bedauernd erklärte. „Meine Mum wollte mich nicht weglassen. Sie hatte mir Stubenarrest gegeben."

„Sehen Sie?" trumpfte Mr. Lawson auf, „Ken hat nichts mit dem zu tun, was mit Mott passiert ist."

„Das hat auch niemand gesagt", beschied ihn Carol.

Ken beugte sich über den Tisch, das Wasser stand ihm in

den Augen. „Mann, und er war so gut drauf am Telefon. Justin hat sich scheckig gelacht...“

Das schien alles zu sein, was Ken wußte, weitere Fragen führten zu nichts. Was die Stimmen anging, blieb er vage – er hielt die eine für weiblich, war sich aber bei der anderen nicht sicher. Nachdem Justin vorwärts geschlichen war, hatte sich Ken vom Golfplatz verdrückt, so schnell er konnte.

„Was war mit der Bewachung des Platzes?“ fragte Carol.

Ken feixte. „Ja klar, stimmt. Da war nämlich keine, wissen Sie. Jeder konnte da rein und raus.“

Seine Aussage wurde getippt, gelesen, unterschrieben und Lawson mit seinem ungeratenen Sohn nach Hause entlassen.

Auf den Fersen wippend, die Hände tief in den Taschen, bemerkte Coop: „Erpressung, schlicht und ergreifend. Der junge Mott hat genug gesehen, um für jemanden gefährlich zu sein. Dummerweise hat er versucht, etwas Geld rauszuleiern, und seine Mühe mit dem Leben bezahlt.“

Nicht oft stimmte Carol mit Coop überein, doch diesmal fand sie an seinem Resümee nichts auszusetzen. Es traf mit an Sicherheit grenzender Wahrscheinlichkeit zu, daß Justin Mott sich seinen gewaltsamen Tod selbst zuzuschreiben hatte.

***

Sie hörten Charlene Mott, noch bevor sie sie sahen. „Ja, ja, ich komme ja schon!“

Sie öffnete die Tür und funkelte sie an. „Was wollen Sie? Wenn Sie Reporter sind, scheren Sie sich zum Teufel, ja? Ich hab’ schon einen Vertrag und kann nur mit diesem Verein reden.“

Sie hatte strähniges blondes Haar, durch das der schwarze Haaransatz schimmerte. Sie war barfuß und hielt mit der einen Hand den schäbigen großblumigen Morgenmantel über der Brust zusammen. Ihre Zigarette in der anderen Hand war bis zu den Fingern heruntergebrannt. Sie inhalierte den letzten Zug Nikotin, ehe sie den Stummel auf die Brache vor dem Haus schnipste, wo bei den anderen Häusern der Vorgarten war.

Als Carol sich und Bourke vorstellte, grollte sie noch mehr. „Ach Gott, noch mehr Bullen. Das fehlt mir gerade. Schauen Sie, ich habe Justin identifiziert, so zerschmettert er war. Und ich habe gesagt, daß ich nicht weiß, wo er gewesen ist. Okay? Mehr habe ich nicht zu sagen."

„Wir haben noch ein paar Fragen", sagte Carol. „Wenn Sie sie hier nicht beantworten wollen, nehmen wir Sie gern mit aufs Revier, wenn Ihnen das lieber ist."

Die Frau hielt Carol die Nase ins Gesicht. „Klar doch. Drohen Sie mir nur. Und das, wo mein Sohn tot ist. Ich habe Ihrem verdammten Inspektor Coop schon gesagt, daß ich meine Rechte kenne, und das sage ich Ihnen auch."

Carol wich keinen Schritt zurück, obwohl Ms. Motts Atem durchaus eine Kampfwaffe war. „Ms. Mott – entweder hier oder auf dem Revier", wiederholte sie. „Sie haben die Wahl."

„Ah, na gut. Kommen Sie rein."

Der Flur war schmierig, die Wände verdreckt. Es roch ungelüftet und nach abgestandenem Qualm. Das Wohnzimmer sah nicht besser aus. Ein großer Fernseher in der Ecke, das einzig moderne Stück, lief mit voller Lautstärke. Das Sofa und die beiden dazu passenden Sessel waren mit fleckigem gelben Polyester bezogen. Das Muster des Teppichs war unter der Staub- und Schmutzschicht nicht zu erkennen. Auf dem Couchtisch stapelten sich Zeitschriften, benutzte Teller und Gläser, der Aschenbecher quoll förmlich über, daneben standen eine Suppentasse mit gesalzenen Erdnüssen, einige Dosen Bier und in der offenen Schachtel die Reste einer Pizza, auf der die Fliegen saßen.

„Machen Sie's sich bequem", sagte Charlene Mott mit breitem Grinsen. Sie sank in einen der gelben Sessel, ergriff die Fernbedienung und machte den Fernseher aus. Auf dem Boden neben ihren bloßen Füßen lag eine Stange Zigaretten. Sie hob sie auf, riß das Zellophan ab und nahm sich eine Packung heraus. Sie fixierte Carol mit finsterem Blick. „Und sagen Sie mir nicht, daß ich in meinem eigenen Haus nicht rauchen darf."

Carol und Bourke wechselten einen entgeisterten Blick und setzten sich vorn auf die Sofakante, ohne sich an das fleckige Polster zu lehnen.

Carol erntete ein ungeduldiges „Ja, ja" auf ihre höfliche Beileidsbezeugung.

Bourke sagte: „Sie haben sich keine Sorgen gemacht, als Ihr Sohn Freitagnacht nicht nach Hause kam?"

Die ihres Jungen beraubte Mutter nahm einen tiefen Zug aus der frisch angezündeten Zigarette und blies eine blaue Wolke in ihre Richtung. „Justin ist öfter nachts weggeblieben. Schon als kleiner Junge war er der Fluch meines verdammten Lebens, ich kann Ihnen sagen. Deshalb hab' ich mir gar nichts dabei gedacht. Seit langem ist es mir wurscht, wo sich der Bengel rumtreibt."

Sie steckte eine Handvoll Erdnüsse in den Mund, kaute und spülte sie mit einem großen Schluck Bier hinunter.

„Kennen Sie Justins Freund Ken?" fragte Carol.

„Sicher. Wieso sind Sie nicht hinter dem her? Und seinem verdammten Vater? Ken weiß mehr als ich, was Justin vorhatte."

„Wann haben Sie Ihren Sohn das letzte Mal gesehen?"

„Weiß nicht. Freitagnachmittag, gegen fünf oder sechs." Sie kratzte sich im Nacken und seufzte, eher irritiert als vor Trauer, dachte Carol. „Ich hab' ihn gefragt, wo er hingeht, und er hat gesagt ‚aus'. Das hat er immer gesagt."

„Ist Ihnen irgend etwas Ungewöhnliches an Justins Verhalten aufgefallen oder an dem, was er sagte?“ fragte Carol.

Charlene Mott legte den Kopf zurück und blickte zur Decke, als käme von dort die Erleuchtung. „Wissen Sie“, sagte sie, „da war tatsächlich was. Justin war regelrecht befriedigt, so als würde er flachgelegt, wissen Sie. Grinste dauernd in sich hinein. Ich hab’ gefragt, was das große Geheimnis wär’, und er sagte, ich soll mich um meinen eigenen Kram kümmern.“

„Hatte er irgendwelche Nachrichten erhalten? Telefonanrufe?“

„Ja, da waren ein paar Anrufe, aber das ist ja nichts Ungewöhnliches.“

„Und am Freitag?“

„Ja, wenn ich so darüber nachdenke, direkt bevor er ging, kam ein Anruf.“ Heftig stubste sie ihren Glimmstengel aus. „Und fragen Sie mich nicht, wer dran war. Wenn er zu Hause war, bin ich nie ans Telefon gegangen. Weil er sonst sauer wurde.“

Mehr ließ sich nicht aus ihr herausholen, deshalb flüchteten Carol und Bourke mit dem Hinweis, sie möge für weitere Fragen zur Verfügung stehen, hinaus an die frische Luft.

„Mutterliebe“, sagte Bourke, „dagegen kannst du nicht anstinken.“

17

Der Monitor in Gussies Büro zeigte die Übertragung vom letzten Spieltag des Whitlew Challenge. Der Ton war abgedreht, hin und wieder sah Carol auf die Tafel der führenden Spielerinnen. Am Samstag hatten Ashleigh Piddock, Toni

Karstares und Brinella Altunga auf den ersten drei Plätzen gelegen, mit etwas Abstand gefolgt von Beth Shima und Susann Johansson. Kasha London, die am Freitag weit zurückgefallen war, hatte sich Samstag am Ende des Spieltages erheblich verbessert, da viele, die vor ihr lagen, nach der Regenunterbrechung Mühe mit dem nassen Platz hatten.

Heute führten abwechselnd Toni Karstares und Susann Johansson, die sich an der Spitze ein packendes Duell lieferten, während Brinella Altunga zwei Schläge zurücklag. Kasha hatte weiter aufgeholt und lag jetzt mit vier Schlägen hinter der Führenden.

Der Golfplatz sah auf dem Monitor zauberhaft aus, und Carol sehnte sich danach, draußen zu sein. Der Sonntag, der für Carol mit dem angeschwemmten Leichnam Justin Motts begonnen hatte, entwickelte sich zu einem dieser Spätsommertage, die sie so liebte – nicht zu heiß, aber voll leuchtend goldener Wärme. Sie hatte draußen den ersten Spielerinnen, die wenig Hoffnung auf ein nennenswertes Preisgeld hatten, beim Abschlag zugeschaut.

Jetzt, da sie drinnen saß und diesen wundervollen Tag nur am Bildschirm mitbekam, wurde Carol rastlos. Morgen würden die meisten Spielerinnen Australien verlassen, und der Gedanke, daß ihr der Mörder oder die Mörderin durch die Lappen gehen könnte, erboste sie.

„Wir müssen unbedingt wissen, wer Charlene Motts Nummer am Freitagabend angerufen hat. Das muß der Mörder gewesen sein, der eine Verabredung traf", sagte Carol.

Bourke blickte zu Anne hinüber, die in der Ecke vor einem Laptop saß und auf den Monitor starrte. „Noch eine Nummer, die Sie für uns überprüfen müssen, Anne."

„Oh, gut, es wurde mir schon langweilig." Anne zog einen Flunsch. „Haben Sie eigentlich eine Vorstellung, wie viele Anrufe diese Golfspielerinnen tätigen? Verflucht sei Gussie Whitlew, die ihnen die Handys gegeben hat."

„Drucken Sie alles aus – Mark und ich werden es durchsehen. Und Mark, ich möchte Fotos und Autopsiediagramme von Fiona Hawks Kopfverletzung und die Laboranalyse des Blutes auf dem Golfschläger und –" Sie hielt inne.

„Was ist?" fragte Bourke.

„Hier, nimm die Lupe, Mark. Hast du dir diese Fotos angesehen, die Hilary O'Dell am Donnerstagabend auf dem Empfang gemacht hat?"

„Noch nicht. Soll ich nach etwas Bestimmtem sehen?"

„Es ist dort im Hintergrund, aber ja – eine Halskette."

***

Bourke sagte: „Mit dem, was wir haben, würde ich lieber nicht vor Gericht gehen. Wir haben keinen Beweis gefunden, bei dem sich ein halbwegs cleverer Rechtsverdreher nicht herausreden kann. Zum Beispiel kam der Anruf bei Justin Mott aus einem Büro des Clubs, das könnte jeder sein."

„Der Eintrag am Haupttor zeigt, daß sie uns angelogen hat, als sie sagte, sie hätte ihren Wagen Freitagabend hiergelassen. Sie hat sich irgendwo mit Justin Mott getroffen und ist mit ihm hier in die Nähe gefahren, um ihn umzubringen."

„Du weißt, daß das nicht ausreicht. Da läßt sich eine Ausrede finden."

„Dann brauchen wir eben ein Geständnis", sagte Carol.

Bourke blickte sie an und zog die Augenbraue hoch. „Dann sag mir mal, wie du das erreichen willst?"

„Ich laß' mich verkabeln, plaudere mit der Mörderin und nehme das Gespräch auf Band."

„Das sagst du so einfach..."

***

Gussie, die in ihrem weißen Seidenanzug einfach toll aussah, führte die Preisverleihung durch. Ein großes Publikum hatte sich um die Tische versammelt, auf denen die häßlichen Kristallpokale standen – der große für die Siegerin, der kleinere für die Zweitplazierte.

„Und bei diesem Whitlew Challenge Cup ist es mir eine ganz besondere Freude, den ersten Preis dieses neuen hochbesetzten Turniers Toni Karstares zu überreichen. Toni, wir danken Ihnen für ein überaus spannendes, brillantes Spiel, in dem Sie uns Ihr Golftalent vorgeführt haben."

Toni Karstares bedankte sich in einer kurzen Rede, in der sie das Whitlew Challenge über alle Maßen pries, Carol sah schmunzelnd, wie Gussie über das Lob strahlte. Susann Johansson als Zweite geizte nicht mit anerkennenden Worten in ihrem charmanten Akzent und dankte Gussie Whitlew für ihr wunderbares, großzügiges Geschenk an die Welt der Golfspielerinnen. Eine offizielle Ehrung für den dritten Platz gab es nicht, aber Kasha erhielt ein beachtliches Preisgeld.

Dann war die Zeremonie zu Ende, das Publikum begann, sich zu zerstreuen. Carol sagte: „Gehen wir ein Stück spazieren, es ist ein so herrlicher Tag."

Kasha London zögerte, dann sagte sie: „Nun gut."

„Ich gratuliere Ihnen zu Ihrem dritten Platz. Sie haben eine fantastische Aufholjagd hingelegt, und ich dachte, Sie würden sogar noch an die Erste herankommen."

Strahlend vor Freude antwortete Kasha: „Vielen Dank. Ich habe heute wirklich gut gespielt." Und nach einer Weile fügte sie hinzu: „Wie laufen Ihre Ermittlungen?"

„Ausgezeichnet."

Kasha schien überrascht. „Sie stehen kurz vor einer Verhaftung?"

Carol nickte. „Wir haben einen Tatverdächtigen und überprüfen nur noch ein paar fehlende Details."

„Darf ich fragen, wer es ist?"

„Liam Ivanovich."

Kasha blieb abrupt stehen. Sie hätte nicht erstaunter sein können. „Liam? Sie scherzen doch wohl?"

„Sie kennen ihn ja gut, halten Sie ihn eines Mordes fähig?"

„Ich schätze, unter entsprechenden Umständen ist jeder Mensch dazu fähig, aber Liam hat Fiona nicht umgebracht."

Sie schlenderten jetzt weiter, und Carol schlug den Weg zum Golfplatz ein. „Er ist ein attraktiver Mann", sagte sie. „Stehen Sie einander nahe?"

Kasha wollte antworten, hielt inne und erklärte dann: „Ja, wir stehen uns tatsächlich nahe." Sie errötete stolz. „Genau gesagt, wir lieben uns."

„Ich verstehe."

Plötzlich wurde Kasha knallrot und sagte: „Das hätte ich lieber nicht sagen sollen. Vermutlich finden Sie es ganz ausgeflippt, daß ich Liam Ivanovich liebe."

„Natürlich nicht, aber ich dachte, er schliefe mit Fiona."

„Ach, das war doch praktisch vorbei. Sie war eine Primadonna. Liam hatte genug von ihr. Aber er wollte erst noch das Whitlew Challenge hinter sich bringen, bevor er sich von ihr trennte."

Sie kamen zu den Klippen, und Carol betrachtete stumm die Aussicht. „Fantastisch, nicht wahr?"

„Fantastisch", widerholte Kasha geistesabwesend und starrte Carol an. „Wie kommen Sie auf den Gedanken, daß Liam Fiona umgebracht hätte?"

„War sie nicht dahintergekommen, daß er eine Beziehung mit Davy Vere hatte?"

„Sie ist total ausgerastet, aber Liam hat mir gesagt, es sei für ihn nur ein ausgeflipptes Experiment gewesen."

„Das hat Sie also nicht weiter erschüttert?"

„Es war mir wurscht, solange es keine andere Frau war."

„Diese andere Frau – Fiona", sagte Carol. „Wie haben Sie sie eigentlich hierher auf die Klippen gekriegt?"

„Ich weiß nicht, was Sie meinen."

Carol lächelte verständnisvoll und nickte freundlich. „Wir beide wissen, was ich meine.'

Sie sah, daß Kasha sich umblickte, ob sie auch wirklich allein waren, dann faßte sie einen Entschluß. „Fiona hat mir erzählt", begann sie, „daß Liam sie angetörnt hätte wie niemand zuvor. Sie dachte, er hätte das Land verlassen, und da sie sich inzwischen abgeregt hatte, wurmte sie das sehr. Als ich ihr auf dem Empfang sagte, daß er noch immer in Australien ist, glaubte sie mir das natürlich nicht, deshalb gab ich ihr die Nummer seines neuen Hotels und erklärte, sie könne ja nachfragen."

„Und was, wenn man sie zu ihm durchgestellt hätte?"

„Ich wußte, daß er nicht da war. Er ist schließlich Ire – er war in der Kneipe." Ihr nachsichtiges Lächeln erstarb, als sie angewidert fortfuhr: „Fiona war so außer sich vor Freude, daß sie fast weinte. Es war zum Kotzen. Ich hab' ihr gesagt, Liam hätte mich geschickt, um mit ihr zu reden und zu sehen, ob sie ihm verzeihen würde, denn er wollte es wiedergutmachen."

„Er wußte von alldem nichts?"

„Natürlich nicht. Er wäre doch nur im Weg gewesen. Als ich ihr sagte, daß Liam hier im Country Club und zum vierten Loch hochspaziert sei, wo er darauf hoffte, daß sie zu ihm käme, konnte sie es kaum erwarten. Ich ging mit und sagte, ich würde ihr zeigen, wo sie ihn fände. Sie wollte erst nicht, war aber so versessen darauf, ihn zu sehen, daß es sie nicht so sehr störte."

„Justin Mott hörte einen Streit."

Kasha schnaubte wütend. „Dieser Wichser."

„Was ist schiefgelaufen?"

„Es war ganz einfach, wegen des Vollmonds. Alles lief prima, und Fiona redete und redete, wie sehr sie Liam liebe und er liebe sie. Ich hatte es satt und sagte ihr, daß wir ein

Liebespaar sind." Kasha feixte bei dem Gedanken. „Fiona wurde so wütend. Sie brüllte, nie könnte er eine so ausgefreakte Schlampe wie mich lieben. Ich war froh, daß sie das sagte, weil es das leichter machte, sie umzubringen."

„Sie hatten es geplant?"

„Allerdings. Ich hatte mir mit dem Generalschlüssel aus dem Büro Brinellas Sandwedge besorgt und unter dem Busch beim Bunker versteckt, als ich vor dem Dunkelwerden einen Spaziergang hierher gemacht habe."

„Warum haben Sie Brinella hineingezogen?"

„Weil sie genauso eine Zicke ist wie Fiona. Brinella ist einfach das schwarze Wunderkind, wissen Sie. Prost Australien. Sie besiegte die Golfliga im Sturm. Es wurde Zeit, ihr einen Knüppel zwischen die Beine zu werfen."

Da sie wußte, daß das Ausmalen einer Tat bereits die halbe Befriedigung war, sagte Carol: „Sie haben es gut geplant. Daß alles so reibungslos ablief, muß Sie tief befriedigt haben. Hat Fiona am Ende gemerkt, was passierte?"

„Das hoffe ich doch. Ich zog den Schläger unter dem Busch hervor. Der Mond schien hell, und Fiona fragte: ‚Was tust du da?' Und ich sagte: ‚Ich bringe dich um.' Und verpaßte ihr einen. Sie stürzte zu Boden, und ich zog sie in den Bunker, legte sie hübsch zurecht, dann ging ich in den Stand für einen guten Schlag und knallte ihr den Schläger an den Kopf. Es machte ein komisches Geräusch – wie ein nasser, krachender, dumpfer Bums." Sie atmete tief aus. „Sie hätte Liam niemals gehenlassen."

„Aber Sie haben einen Fehler gemacht – Ihre Kette...", warf Carol ein.

„Sie müssen zugeben, daß ich das hervorragend kaschiert habe. Sie muß gerissen sein, als ich Fiona in den Bunker zog, und dann hab ich wohl drübergeharkt und sie verbuddelt. Als ich merkte, daß ich sie irgendwo verloren hatte, erfand ich die Geschichte mit dem Einbruch in meinen

Spind, damit Sie denken, es wollte mir jemand was anhängen. Das hat doch geklappt, oder?"

„O ja, es hat geklappt", erklärte Carol mit tiefer Bewunderung; Kasha lächelte. „Und Justin Mott?" fragte Carol.

„Er sprach mich an, als ich zu meinem Wagen kam, und sagte, er hätte gesehen, was ich getan habe, und verlangte Geld. Da wußte ich, daß ich ihn umbringen mußte. Ich ließ mir zum Schein seine Telefonnummer geben und sagte, er würde bekommen, was er wollte."

„Wieviel hat er verlangt?"

„Bloß fünftausend, aber das war nur seine erste Forderung. Andere würden folgen. Er dachte, er könnte mich erpressen, das kleine dumme Arschloch, weil er männlich und größer und breiter war als ich. Er fühlte sich absolut sicher. Der blöde hinterfotzige Schnüffler."

„Sie trafen ihn Freitagabend?"

„Ich sagte Gussie, ich hätte Migräne, so mußte ich meine Zeit nicht vertun, mit Ihnen zu reden. Ich rief ihn an, holte ihn ab und fuhr mit ihm zum Ende der Straße hinter dem Golfplatz. ‚Ich zahle erst, wenn du mir zeigst, was du wirklich gesehen hast', sagte ich, und er war so dumm, mich zum vierten Loch zu führen, weil er sich sicher fühlte. Ich hatte einen Schraubenschlüssel aus meinem Autowerkzeug eingesteckt, als er am Rand der Klippen stand, zog ich ihm eins über, und er stürzte runter. Hat nicht mal geschrien."

„Saubere Arbeit", sagte Carol. „Aber Sie haben zwei Fehler gemacht."

„Was für Fehler?"

„Es gibt ein Foto von Ihnen, das Donnerstagabend aufgenommen wurde, darauf tragen Sie Ihre Kette. Sie werden ja wohl kaum nach dem Empfang zu Ihrem Spind gegangen sein, wie also konnte sie da hineinkommen und gestohlen werden?"

„Und weiter?"

„Sie sind Linkshänderin. Die Gerichtsmedizin hat nachgewiesen, daß das Rechtshänder-Sandwedge von einer Linkshänderin benutzt wurde."

Unbeeindruckt sagte Kasha: „Hätte ich Ihnen nicht alles erklärt, hätten Sie's niemals sicher gewußt. Sie denken, Sie können mich jetzt festnehmen, nicht wahr?" Sie deutete mit dem Kopf zu den Klippen. „Oder vielleicht denken Sie, ich werde zusammenbrechen und sagen, ich kann nicht mehr weiterleben, und mich geziemenderweise von den Felsen stürzen."

„Was ich denke, ist, daß wir jetzt zusammen zum Clubhaus zurückgehen."

Kasha maß sie mit einem langen Blick. „Okay."

Der Angriff kam, als Carol ihn erwartete – praktisch sofort. Sie wich zur Seite, so daß Kashas Stoß ins Leere ging, packte Kashas Arm und verdrehte ihn auf ihrem Rücken, bis sie vor Schmerz auf die Knie fiel.

„Kasha London, ich verhafte Sie wegen Mordes an Fiona Hawk und Justin Mott. Ich erkläre, daß alles, was Sie –"

Kasha stieß einen markerschütternden Schrei aus, der über die Steilküste gellte und in Carols Ohren widerhallte wie eine Todesverkündung. Sie brauchte einen Moment, bis ihr klar wurde, was sie da schrie. Es war Liams Name.

***

„Kasha?" Gussies Stimme überschlug sich. „Zuerst Fiona und jetzt Kasha London? Das Whitlew Challenge wird als Todesturnier in die Annalen eingehen. Ich werde die Typhusmaria der Golfwelt sein!"

18

„Was denkst du gerade?“ fragte Carol. Sie saß mit Leota auf der Dachterrasse ihres Hauses, drinnen kochte Tante Sarah ihre neueste Spezialität, Gemüselasagne.

„Ich denke an unsere rosige Zukunft.“

„Das ist schön“, sagte Carol, „da gibt's nur ein paar Haken, solche Kleinigkeiten wie die Tatsache, daß wir auf verschiedenen Kontinenten leben und einer Arbeit nachgehen, die sich nicht so einfach mitnehmen läßt.“

„Das stimmt nicht ganz“, entgegnete Leota. „Ich will noch nichts versprechen, aber es besteht die Möglichkeit, daß ich eine Versetzung nach Australien auf einen FBI-Verbindungsposten arrangieren kann. Wenn das klappt, ist es womöglich nicht ideal, weil ich nicht die ganze Zeit in Sydney sein werde, aber wir wären zumindest auf demselben Kontinent.“

„Damit kann ich klarkommen“, antwortete Carol, der sich unvermittelt Horizonte auftaten.

Claire McNab

Die Carol-Ashton-Krimis

Tödliches Eisen
ISBN 3-88104-353-5

Unter Verdacht
ISBN 3-88104-349-7

Der Trick
ISBN 3-88104-332-2

Überfällig
ISBN 3-88104-321-7

Kettenbrief
ISBN 3-88104-309-8

Geheimer Kreis
ISBN 3-88104-290-3

Marquis läßt grüßen
ISBN 3-88104-277-6

Bodyguard
ISBN 3-88104-264-4

Das Ende vom Lied
ISBN 3-88104-242-3

Ausradiert
ISBN 3-88104-217-2

Tod in Australien
ISBN 3-88104-214-8

Die Denise Cleever-Thriller

Mord undercover
ISBN3-88104-337-3

Mord inklusive
ISBN 3-88104-343-8

Roman

Stummes Herz
ISBN 3-88104-269-5

im Verlag Frauenoffensive

Kate Calloway

Erster Eindruck
ISBN 3-88104-292-X

Zweite Geige
ISBN 3-88104-299-7

Dritter Grad
ISBN 3-88104-304-7

Vierter Anlauf
ISBN 3-88104-315-2

Fünftes Rad
ISBN 3-88104-322-5

Sechster Sinn
ISBN 3-88104-327-6

Siebter Himmel
ISBN 3-88104-338-1

Achter Tag
ISBN 3-88104-354-3

im Verlag Frauenoffensive

Offensive Krimis – eine Auswahl

Angelika Aliti

Die Sau ruft

ISBN 3-88104-297-0

Kein Bock auf Ziegen

ISBN 3-88104-310-1

Heißes Herz

ISBN 3-88104-333-0

Shirley Seul

Kopflos

ISBN 3-88104-311-X

Schwamm drüber

ISBN 3-88104-336-5

Bella Fall

Kein Sonnenaufgang in Afrika

ISBN 3-88104-348-9

Merrilee Moss

Fedora geht

ISBN 3-88104-342-X

Janet McClellan

Kansas City-Bomber

ISBN 3-88104-305-5

Kim Engels

Späte Rache

ISBN 3-88104-316-0

Karen Saum

Mord ist relativ

ISBN 3-88104-209-1

Kitty Fitzgerald

Die Frau gegenüber

ISBN 3-88104-222-9

Verlag Frauenoffensive